金庸武林点将录

吴可文 著

海峡出版发行集团 | 福建教育出版社

图书在版编目（CIP）数据

金庸武林点将录/吴可文著． —福州：福建教育出版社，2024.11（2025.10重印）． —ISBN 978-7-5758-0099-0

Ⅰ．I207.425

中国国家版本馆 CIP 数据核字第 2024S9J260 号

Jinyong Wulin Dianjianglu

金庸武林点将录

吴可文 著

出版发行	福建教育出版社
	（福州市梦山路 27 号　邮编：350025　网址：www.fep.com.cn
	编辑部电话：0591-83738540　83781433
	发行部电话：0591-83721876　87115073　010-62024258）
出 版 人	江金辉
印　　刷	福州万紫千红印刷有限公司
	（福州市闽侯县南屿镇高岐村安里 6 号　邮编：350109）
开　　本	710 毫米×1000 毫米　1/16
印　　张	15
字　　数	201 千字
插　　页	3
版　　次	2024 年 11 月第 1 版　2025 年 10 月第 2 次印刷
书　　号	ISBN 978-7-5758-0099-0
定　　价	45.00 元

如发现本书印装质量问题，请向本社出版科（电话：0591-83726019）调换。

前 言

"点将录"之作昉自明末阉党王绍徽的《东林点将录》,仿《水浒传》一百零八将天罡地煞之例分列当时反对阉党的官吏,目的在于谄媚魏忠贤。自嘉庆年间著名诗人舒位《乾嘉诗坛点将录》出,二百年来"点将录"之作蔚为大观。有学者认为其已成为"一种富于民族特色的文学批评形式"[①]。

举其要者,20 世纪以来有汪辟疆《光宣诗坛点将录》,钱仲联《顺康雍诗坛点将录》《道咸诗坛点将录》《光宣词坛点将录》《近百年诗坛点将录》《南社吟坛点将录》,陈传席《画坛点将录》,李海珉《南社书坛点将录》,冯永军《当代诗坛点将录》,胡文辉《现代学林点将录》,王家葵《近代印坛点将录》,徐公持《东汉文坛点将录》等。由此观之,"点将录"早已溢出文学批评的范畴,扩展到文艺批评和学术批评。

金庸的十二部长篇武侠小说[②](以下简称"金庸小说")塑造了数以千计的人物形象,给人留下深刻印象的不下数百人。本书亦采取"点将录"的形式,撷取金庸小说中较为重要的一百余人,依梁山好汉天罡地煞之例对号入座。或摹其外貌,或肖其性情,或拟其行止,或举其影

[①] 张亚权:《"点将录":一种富于民族特色的文学批评形式》,《南京大学学报(哲学·人文科学·社会科学)》,2006 年第 3 期。

[②] 金庸武侠小说总计十五部。《白马啸西风》《鸳鸯刀》《越女剑》属于中短篇,影响力相对较小,其中人物不列入本书。

响。其中难免有牵强附会之处，然大体尚可自圆其说。由于部分人物并不符合"侠"之标准，故不取"武侠"之名，而取"武林"。

为省篇幅，金庸小说书名一律取首二字使用简称，《射雕》与《神雕》合称双雕。本书的人物顺序并不按照其重要性或武力值排列（遑论重要性和武力值本身就没有统一标准可供排序），只能说排在天罡的人物总体上要比地煞重要一些。对于入选人物，我定了几条"规矩"，以提升可操作性：十三位男主入天罡。金庸"钦定"的口述男主夏雪宜、胡一刀入天罡。双雕中的五绝入天罡。《倚天》中的明教教主、左右光明使、四法王皆入选。《天龙》中的"一僧一道二奇三老四绝"皆入选。武力值明显居于某书或某时代第一者如穆人清、黄裳、独孤求败、张三丰、扫地僧、东方不败、林远图等入选。水浒一百零八将中女性只有三位，如果固守性别，金庸小说中大批精彩的女性形象就要被放弃，那也太可惜了。因此本书只保证水浒中的女将一定匹配金庸的女性人物，不强求男配男。

本书入选旧头领一员，天罡星三十六员，地煞星七十二员，总计一百零九员（并列入选者，如少林三渡，龙木二岛主和张三、李四，史叔刚兄弟，曲洋刘正风，玄冥二老，按一员计算）。其中男性八十七员，女性二十二员。十二部小说入选人数如下：《倚天》二十三员，《天龙》十九员，《笑傲》十五员，《神雕》十四员[①]，《射雕》十二员，《鹿鼎》六员，《书剑》五员，《飞狐》五员，《连城》四员，《碧血》三员，《侠客》二员，《雪山》一员。

---

① 朱子柳、郭襄、裘千仞计入《神雕》，赵半山计入《飞狐》。

目　录

【武林旧头领】

3　托塔天王晁盖——张三丰

【天罡星】

7　天魁星呼保义宋江——萧峰

9　天罡星玉麒麟卢俊义——张无忌

11　天机星智多星吴用——韦小宝

13　天闲星入云龙公孙胜——令狐冲

15　天勇星大刀关胜——胡一刀

17　天雄星豹子头林冲——狄云

19　天猛星霹雳火秦明——洪七公

21　天威星双鞭呼延灼——少林三渡

23　天英星小李广花荣——郭靖

25　天贵星小旋风柴进——一灯

27　天富星扑天雕李应——虚竹

29　天满星美髯公朱仝——风清扬

31　天孤星花和尚鲁智深——扫地僧

33　天伤星行者武松——杨过

35　天立星双枪将董平——王重阳

37　天捷星没羽箭张清——石破天

39　天暗星青面兽杨志——林平之

41　天佑星金枪手徐宁——鸠摩智

43　天空星急先锋索超——胡斐

45　天速星神行太保戴宗——段誉

47　天异星赤发鬼刘唐——谢逊

49　天杀星黑旋风李逵——萧远山

51　天微星九纹龙史进——陈家洛

53　天究星没遮拦穆弘——黄药师

55　天退星插翅虎雷横——袁承志

57　天寿星混江龙李俊——周伯通

59　天剑星立地太岁阮小二——独孤求败

61　天平星船火儿张横——任我行

63　天罪星短命二郎阮小五——丁典

65　天损星浪里白条张顺——黄蓉

67　天败星活阎罗阮小七——东方不败

69　天牢星病关索杨雄——苗人凤

71　天慧星拼命三郎石秀——殷天正

73　天暴星两头蛇解珍——欧阳锋

75　天哭星双尾蝎解宝——程灵素

77　天巧星浪子燕青——夏雪宜

【地煞星】

81　地魁星神机军师朱武——陈近南

83　地煞星镇三山黄信——黄裳

85　地勇星病尉迟孙立——海大富

87　地杰星丑郡马宣赞——游坦之

89　地雄星井木犴郝思文——文泰来

91　地威星百胜将军韩滔——康熙

93　地英星天目将彭玘——小昭

95　地奇星圣水将军单廷珪——阿紫

97　地猛星神火将军魏定国——火工头陀

99　地文星圣手书生萧让——朱子柳

101　地正星铁面孔目裴宣——龙木二岛主和张三、李四

103　地阔星摩云金翅欧鹏——逍遥子

105　地阖星火眼狻猊邓飞——叶二娘

107　地强星锦毛虎燕顺——霍青桐

109　地暗星锦豹子杨林——岳灵珊

111　地轴星轰天雷凌振——成昆

113　地会星神算子蒋敬——瑛姑

115　地佐星小温侯吕方——宋青书

117　地佑星赛仁贵郭盛——向问天

119　地灵星神医安道全——胡青牛

121　地兽星紫髯伯皇甫端——史叔刚兄弟

123　地微星矮脚虎王英——田伯光

125　地慧星一丈青扈三娘——郭襄

127　地暴星丧门神鲍旭——灭绝

129　地默星混世魔王樊瑞——范遥

131　地猖星毛头星孔明——杨康

133　地狂星独火星孔亮——李莫愁

135　地飞星八臂哪吒项充——赵半山

137　地走星飞天大圣李衮——韦一笑

139　地巧星玉臂匠金大坚——殷素素

141　地明星铁笛仙马麟——余鱼同

143　地进星出洞蛟童威——周芷若

145　地退星翻江蜃童猛——慕容博

147　地满星玉幡竿孟康——任盈盈

149　地遂星通臂猿侯健——穆人清

151　地周星跳涧虎陈达——无崖子

153　地隐星白花蛇杨春——小龙女

155　地异星白面郎君郑天寿——段正淳

157　地理星九尾龟陶宗旺——慕容复

159　地俊星铁扇子宋清——欧阳克

161　地乐星铁叫子乐和——何足道

163　地捷星花项虎龚旺——赵敏

165　地速星中箭虎丁得孙——左冷禅

167　地镇星小遮拦穆春——杨逍

169　地羁星操刀鬼曹正——胡逸之

171　地魔星云里金刚宋万——丁春秋

173　地妖星摸着天杜迁——阳顶天

175　地幽星病大虫薛永——裘千尺

177　地伏星金眼彪施恩——金轮法王

179　地僻星打虎将李忠——林远图

181　地空星小霸王周通——凤天南

183　地孤星金钱豹子汤隆——冯默风

185　地全星鬼脸儿杜兴——阿朱

187　地短星出林龙邹渊——黛绮丝

189　地角星独角龙邹润——洪安通

191　地囚星旱地忽律朱贵——朱长龄

193　地藏星笑面虎朱富——岳不群

195　地平星铁臂膊蔡福——裘千仞

197　地损星一枝花蔡庆——血刀老祖

199　地奴星催命判官李立——张召重

201 地察星青眼虎李云——曲洋、刘正风

203 地恶星没面目焦挺——段延庆

205 地丑星石将军石勇——霍都

207 地数星小尉迟孙新——空见

209 地阴星母大虫顾大嫂——林朝英

211 地刑星菜园子张青——戚长发

213 地壮星母夜叉孙二娘——天山童姥

215 地劣星活闪婆王定六——李秋水

217 地健星险道神郁保四——不戒

219 地耗星白日鼠白胜——公孙止

221 地贼星鼓上蚤时迁——余沧海

223 地狗星金毛犬段景住——鹿杖客、鹤笔翁

225 附录:《〈天龙八部〉释名》考

231 后记

【武林旧头领】

托塔天王晁盖——张三丰

匹配度★★★★

晁盖是梁山事业的真正奠基人，按照武侠世界的行话应该称创派祖师。金庸武林中公认的泰山北斗是少林与武当两派。既然少林的创派祖师达摩没有成为金庸小说的人物形象，那武当的创派祖师张三丰便当仁不让了。而且他以张三丰之名在《倚天》中出场之时已九十高龄，当然是"旧头领"。两人都曾遭人暗算：晁盖被史文恭的毒箭射中面颊，张三丰被刚相的金刚般若掌击中腹部。两人都率众救过男一号：晁盖率梁山好汉冒死劫江州法场营救宋江，张无忌被玄冥神掌打伤后幸得张三丰率众弟子全力救护。

张三丰是金庸笔下的一代完人。人品、性格、成就、修为、格局、气量、寿命等各项指标，都是当世第一人。即使从整个金庸武林来看，也几乎无人可以企及。武功方面，内功、外功、拳脚、兵刃、阵法俱臻化境，而且多为自创，是名副其实的大宗师。《倚天》第二十四回，金庸认为张三丰的武功已到了"从心所欲、无不如意的最高境界"[1]。张三丰还善于言传身教，武当七子和张无忌个个品端艺精。此外，张三丰也不乏一派之主的杀伐决断，最后一回毙宋青书、革宋远桥便是明证。张三丰时代，武当派在中原武林声望之隆，无出其右，此后武当派再也没有能够重现这样的辉煌。张三丰时代是武当派的黄金时代。

---

[1] 本书引用金庸小说和人物情节设定均依据香港明河社修订版《金庸作品集》。

为了契合张三丰的出场身份和年龄，金庸刻意采取了"惜武如金"的侧面写法。张三丰虽然武功盖世，却极少出手直接对敌。他的大部分出手或是向徒子徒孙演示传授武功，或是以内功救死扶伤，或是清理门户。在汉水之上赶跑那些武艺低微的蒙古军官实在算不上正式对敌。真正的直接对敌就是被刚相偷袭受伤后，迅速一掌毙敌。张三丰生平唯一的"失态"是张翠山夫妇自戕后，张无忌又性命垂危，他痛感无力回天："我活到一百岁有甚么用？武当派名震天下又有甚么用？我还不如死了的好。"[①] 金庸在后记中认为自己写得太肤浅，其实却是张三丰形象的点睛之笔。这一刻，他不是逍遥出尘的张真人，而是真情流露的老人。这一刻，不禁令读者想起少年张三丰（那时名为张君宝）为本师觉远圆寂而悲哭的场景。

《倚天》中很多"正派"人士囿于正邪和族类之偏见，显得相当不近人情。张三丰对殷素素和赵敏的宽容与欣赏便显得尤为难能可贵。他在徒弟们心中亦师亦父，用心传道、授业、解惑的同时，还会和徒弟开玩笑。我们可以说，张三丰满足了读者对武林前辈的所有期盼和要求，满足了弟子对师尊的所有期盼和要求，甚至满足了子女对家长的所有期盼与要求。

许多金迷热衷于探讨金庸武林中武功战力最强、武学修为最高者。在我看来，战力最强者可能有多个备选项。若论武学修为，以张三丰自创武功之多，影响之大，允推为第一人。

诗曰：
武当山顶松柏长，太极初传柔克刚。
百岁寿宴摧肝肠，大宗师亦为情伤。[②]

[①] 见《倚天》第十回。
[②] 《倚天》回目为七言诗，为该书人物作诗多引回目，借以致敬。

【天罡星】

天魁星呼保义宋江——萧峰

匹配度★★★★★

相似点	宋江	萧峰
地位	男主人公	
历史年代	北宋后期	
出场年龄	年及三旬	三十一岁
身份	梁山一把手	丐帮帮主、辽国南院大王
人生经历	不愿革命→走向革命→叛变革命的三部曲	不愿接受契丹血统→坦然接受→超越血统的三部曲
结局	被宋朝逼死	被辽朝逼死
死亡导致两位重要人物自杀	死后吴用和花荣自杀	死后阿紫和游坦之自杀
因不好色而被淫妇揭破隐私	被阎婆惜揭破私通梁山	被康敏揭破身世
亲手杀死身边女人	怒杀阎婆惜	误杀阿朱
备受争议	因招安被争议	因血统与大半个中原武林为敌

《天龙》是中国武侠小说的巅峰之作，萧峰是中国武侠小说的巅峰之侠。如果说郭靖是为国为民，最终殉国，乃侠之大者；那么萧峰为天下苍生，最终殉天下，乃侠之至者。郭靖之死仅在《倚天》中交代一笔，他并非《倚天》的男主，则萧峰便是金庸笔下唯一死去的男主。金庸塑造的其他男主人公都难免有婆婆妈妈的时候，萧峰却特别干脆利落，诸事拿得起放得下，读来痛快淋漓，每欲浮一大白。到了萧峰这

里，金庸笔下入世的儒家之侠已经写到了极致。再往后写，侠的味道便越来越淡了：段誉出自佛教氛围浓郁的大理段氏，虚竹是佛家的底子附上道家的武学。这两位和半人半神的扫地僧代表的都是佛家之侠。金庸最晚的三部长篇小说中，《笑傲》写的是闲云野鹤的道家之侠，《侠客》写的是不知侠为何物的"无侠"，《鹿鼎》干脆写了一个武功低、侠气少的"反侠"。

从《天龙》这个书名可以看出，当时的金庸入佛已深。整部小说笼罩在无人不冤、有情皆孽、众生实苦的氛围之下。这在萧峰身上得到最集中的体现：襁褓之中便成父离母死的孤儿，苦心栽培自己成才的恩人却是杀母仇人，功业初成之际变成千夫所指的契丹人，恩重如山的养父母和授业恩师横死在眼前，被武林同道视为弑父母弑师的大奸巨恶，苦苦追寻的"大恶人"竟是生身父亲，倾心相爱的恋人被自己亲手杀死，身为皇帝的义兄苦苦相逼等等。经此种种人伦惨变，萧峰内心承受的荼毒折磨在金庸武林中也可以坐上第一把交椅。萧峰在历次拼斗中总有令人血脉偾张的超常发挥，化悲愤为战力或许是一个重要因素。

近年重温描写萧峰的文字，总会想到索福克勒斯的《俄狄浦斯王》和司马迁的《项羽本纪》。他受命运捉弄，一步一步走向死亡的结局，与俄狄浦斯何其相似。血战聚贤庄与垓下之战，均有"虽千万人吾往矣"的气势；少室山大战与巨鹿之战，均是以少胜多的经典；杏子林与鸿门宴，均在言谈之间成为主人公命运的分水岭，且现场气氛极具张力；雁门关自戕与乌江自刎，均将人物的悲剧演绎至高潮。在中国小说人物长廊中，萧峰是最震撼人心的悲剧英雄之一。他在小说人物中的地位相当于项羽在史传人物中的地位。他还是"天龙八部"中的天神之首帝释（详本书附录）。

诗曰：

毕生冤孽苦相逢，燕云飞骑展英风。

金翁笔下多奇士，魁杰还应数萧峰！

天罡星玉麒麟卢俊义——张无忌

匹配度★★★★★

相似点	卢俊义	张无忌
天下第一高手	生平保持不败，是水浒第一高手	与张三丰为两大绝顶高手，张三丰不参与实战，天下第一高手自然是张无忌
领袖群豪	梁山第二把交椅，若按晁盖遗嘱，本应坐第一把	明教教主
"由正入邪"	原为河北大财主、员外，后落草梁山	原为武当弟子，后加入"正派"口中的魔教
被心爱的女人陷害	被其妻贾氏出卖	差点被朱九真害死
地位尴尬	梁山的主要决策者是宋江和吴用，卢俊义虽然排位高于吴用，却没什么存在感	虽然是教主，但不谙教务，大部分职权由杨逍代理
个性不鲜明	上山前的标签是"钱多人傻"，上山后战力爆表，此外基本是个可有可无的"花瓶"摆设	金庸在后记中作了"复杂""软弱""较少英雄气概""受别人的影响""拖泥带水"等中肯评价

张无忌给人印象最深的两点是武功配置和情感经历。张无忌所掌握的四大核心技能全是顶配：内功根基来自"九阳神功"，运劲法门来自明教"乾坤大挪移"，拳脚剑术来自武当"太极拳剑"，另有波斯总教精

深怪异的"圣火令神功"加持。这四大神功不仅集中土武林正邪两派之所长，还涵盖了西域武学之精华；不仅有古代流传下来的绝学，还有大宗师张三丰的创新成果，当真是武林世界"开挂"般的存在。尤其前三大神功，是金庸精心描写的对象，每当张无忌神功练成，便会安排一场荡气回肠的大战役来检验其成色。六大派围剿光明顶一役，张无忌凭借九阳神功挽狂澜于既倒，为明教存亡续绝。赵敏率众攻武当一役，张无忌凭借初学的太极拳剑大展神威，为武当派解围。万安寺解救六大派一役，张无忌凭借乾坤大挪移成功救护跃下高塔的六大派人士，缓和明教与六大派的关系。

与武学上的四大绝技相映成趣，张无忌在情感方面有四大女友。同时爱上四个姑娘，这在金庸小说"花心海王"排行榜中仅次于韦小宝和段正淳，位居第三。小说的最后张无忌似乎选定了赵敏，其实这不是他的主动选择，而是金庸为免其尴尬刻意安排的。随着情节的发展，周芷若"黑化"，小昭远赴波斯，殷离沉浸于过往不能自拔，只剩赵敏可选。如果四女全都好端端地在身边，张无忌是做不来单项选择题的。梦中他会按下"全选"键，醒来便不知如何是好了。

金庸有六部百万字以上的巨著，其中四部的男一号是金庸特别喜欢的：郭靖、杨过、令狐冲、萧峰。[①] 换句话说，武功盖世的张无忌居然"沦落"至与"三脚猫"水平的韦小宝为伍，被打入金庸的"冷宫"，当真是尴尬人难免尴尬事。偏偏拙著又将张、韦二人先后排列，思之不禁莞尔。

诗曰：
排难解纷当六强，百尺高塔任回翔。
四女同舟何所望，优柔寡断是张郎。

---

① 见《飞狐》后记。

天机星智多星吴用——韦小宝

匹配度★★★★

吴用是梁山的军师；韦小宝则是康熙、陈近南、九难等多股力量的共同"军师"。两人都机智多诈，遇事斗智不斗力。两人都不以武见长，又都非常重视义气。韦小宝知晓顺治出家和假太后等多个天大的机密，故以"天机星"属之。由于《鹿鼎》篇幅巨大，韦小宝理所当然地成为金庸笔下出场次数的第一人。

《鹿鼎》的后记透露了很多信息，对于我们了解金庸、了解该书和韦小宝大有助益。"我相信自己在写作过程中有所进步：长篇比中短篇好些，后期的比前期的好些。"暗示《鹿鼎》是他最好的小说，至少是最好之一。"《鹿鼎》和我以前的小说完全不同，那是故意的。一个作者不应当总是重复自己的风格与形式，要尽可能地尝试一些新的创造。"暗示《鹿鼎》是他最有创造性的小说。"《鹿鼎》已经不太像武侠小说，毋宁说是历史小说。"可韦小宝并不是历史人物，金庸何出此言？"在康熙时代的中国，有韦小宝那样的人物并不是不可能的事。"明白了，金庸是想写一个典型的中国人，这就是韦小宝。后记中还提及宋江、李逵、贾宝玉、林黛玉、阿Q等中国小说经典人物。

阿Q和韦小宝都是典型的中国人，不同点在于：前者背景是辛亥革命前后的中国农村，写成了中篇社会小说；后者背景是康熙时代的中国皇宫和江湖，写成了长篇历史小说。阿Q的精神胜利法也是韦小宝的常用心法。韦小宝追阿珂和阿Q追吴妈并无本质不同。只是韦小宝资源丰富，可以穷追不舍，愈挫愈勇，屡败屡战；而阿Q一无所有，自然一触即溃，一败涂地。阿Q若能飞黄腾达，大体就是年长一些的韦小宝；韦小宝若被放在旧中国的农村，就是年轻版的阿Q。《鹿鼎》的最后一幕非常耐人寻味：根据韦春芳回忆，韦小宝的父亲可能属于满、汉、蒙、回、藏的任何一个民族，但绝不可能是外国人。实际上是在暗示，韦小宝这样的人会生活在中国的任何时代、任何地域、任何民族，从事任何职业。他就在你我身边，甚至我们每个人身上都或多或少具有他的某些特点。

九难说韦小宝是"古往今来的第一小滑头"，其实这就是韦小宝纵横官场和武林，无往而不利的最大法宝。趋利避害、油嘴滑舌、信口开河、察言观色、随机应变、见风使舵、假公济私、贪污纳贿、中饱私囊、能屈能伸、欺软怕硬、欺上瞒下、徇私枉法、结党营私、拈花惹草、软磨硬泡、死缠烂打等伎俩，都是这位小滑头的常规操作。韦小宝既然在江湖行走，并与众多武林人物接触，难免需要一些基本"技能包"。金庸为其量身定制了"保命三大件"：刀枪不入的金丝软甲，削铁如泥的匕首和"百变神行"的轻功，确保韦小宝次次都能逢凶化吉、履险如夷。

诗曰：
官场出入武林游，皇宫本自似青楼。
左右逢源寻常事，古今第一小滑头。

天闲星入云龙公孙胜——令狐冲

匹配度★★★★★

公孙胜星名和绰号中的"闲""云"两字与令狐冲闲云野鹤的个性最为相合，又都是复姓，将两者配在一起实在是非常自然的。此外，两人还有三大灵犀相通之处。首先，淡泊名利。公孙胜求仙学道，本非热衷名利权势之人；令狐冲早年的人生理想是孝敬师父师娘，与岳灵珊长相厮守。岳家三口相继丧生后，令狐冲只想远离武林纷争，与盈盈相伴。其次，功成身退。公孙胜参与劫生辰纲和上梁山都因与晁盖私交甚笃，和宋江便显得若即若离了，他先后两次离开队伍，潜心修道；令狐冲先后除掉东方不败、左冷禅和岳不群，与任盈盈携手归隐。再次，剑术高手。公孙胜用松纹古铜七星剑；令狐冲一身本领，全在一柄长剑。令狐冲是金庸小说男主中最依赖兵器的一位。长剑在手，顶尖高手；长剑离手，落荒而走。

《笑傲》后记中写道："令狐冲是天生的'隐士'，对权力没有兴趣。"他担任恒山派掌门是受定闲师太临终嘱托，且一直想办法卸任脱身。参与黑木崖大战击杀东方不败，是出于任我行、向问天、任盈盈的私人关系。对付左冷禅和岳不群主要是自保，其次是除害。任我行重掌日月神教后，许以副教主之高位，令狐冲当场拒绝。《笑傲》中的绝大部分教派首领都是政治人物，只有男女主角乃是其中的一股清流。令狐冲与盈盈卷入政治旋涡，概由身边的重要关系人多为政治人物，实属无奈，但最终还是分别辞去掌门和教主之位，成婚隐居，同奏《笑傲江湖曲》。

令狐冲的三段感情代表了恋爱的三种类型。岳灵珊是男方求而不得型。两人是青梅竹马的初恋，为此令狐冲还创了一套"冲灵剑法"，其实是定情剑法。尽管岳灵珊中途移情别恋，令狐冲却始终不渝。仪琳是女方求而不得型。令狐冲从田伯光手下救了仪琳，从此便成了她生命中最重要的人。当岳不群与左冷禅比剑争夺五岳剑派掌门时，唯有她不关注比试结果，只关注令狐冲。盈盈是女方求而得谐型。令狐冲被盈盈的深情所感，且两人志同道合、共经患难，便很自然地走到了一起。

除了岳灵珊，岳不群也是令狐冲心中的一个死结。岳不群不仅将令狐冲逐出师门，而且几次三番欲置其于死地。令狐冲却全无怨怼之意，直至岳不群死去，令狐冲心中仍以其为师。岳家三口与令狐冲并无血缘关系，但令狐冲对他们的感情比血亲更深挚。令狐冲的本性颇为随意任性甚至胆大妄为。在黑木崖上面对东方不败时，任我行和向问天那样天不怕地不怕的人都屏息凝神、不敢开腔，令狐冲却敢于出言激怒东方不败，令其暴起出手。面对岳家三口时，令狐冲却显得不敢越雷池一步。岳家三口一一身亡，实际上去掉了令狐冲人生中最重的枷锁。

令狐冲的独孤九剑是《笑傲》中的三大神功之一。习得葵花宝典（辟邪剑法）和吸星大法的高手多阴狠狡诈之辈，故而独孤九剑便成了正面人物的武技担当。风清扬不参与实战，独孤九剑的威力便只能靠令狐冲来展现。

诗曰：
师门恍若胜亲人，挥洒自如九剑真。
历尽波谲云诡事，赢得闲适隐居身。

天勇星大刀关胜——胡一刀

匹配度★★★★

关胜所用青龙偃月刀堪称"中国第一刀";胡一刀是"金庸第一刀"。关胜是关羽后人;胡一刀是李自成四大护卫"胡苗范田"之首飞天狐狸的后人。两人都勇武过人。

叙事文学中的人物形象,以是否正式出场为标准,可以分为出场人物和口述人物。金庸塑造了众多"口述人物",亦可称"回忆中的人物"。其中的代表虽然没有正式出场,却给人留下极深的印象,甚至比很多出场人物更深入人心。收入本书的有胡一刀、王重阳、空见、夏雪宜、黄裳、阳顶天、林远图、林朝英等。这些人物多是顶尖高手,影响当时和后世武林甚巨,有的还传下震古烁今的神功秘籍。要论这些人物在形象塑造上的成就,胡一刀无疑是非常突出的。他在《雪山》中的形象比名义上的主角胡斐要鲜明得多。

胡一刀在口述中的社会关系很简单,只有三个人:生死与共的夫人、新生的爱子、相爱相杀的苗人凤。胡夫人与胡一刀这一对在外形上是标准的"美女与野兽",但这种"反差萌"一点不影响他们的感情与默契。胡一刀对刚出生的儿子爱逾性命,一想到儿子,豪气干云的他竟对即将到来的拼杀心生惧意。胡、苗二人祖上恩怨情仇纠缠,加上误会猜疑,终于势成水火。但在决斗现场彼此一见如故,决斗进程中越发惺惺相惜、肝胆相照,再经一夜联床夜话,互授家传武艺,内心已视对方为超越生死的挚友。苗人凤感叹:"天下虽大,除了胡一刀,苗人凤再无可交之人。"范帮主、田归农之流，与胡一刀比起来，不过土鸡瓦犬耳。

胡、苗这场沧州大战，是整部《雪山》最精彩的重头戏，人物故事具有延续性的《书剑》和《飞狐》中找不到同样精彩的戏份。即便在全部金庸小说中，能与其相提并论的武林大戏也不会太多。此战创造了金庸武林的几项纪录：其一，持续时间最长的两人对战——五天五夜；①其二，耗费篇幅最大的两人对战——总字数约三万余字；其三，口述者最多的一场戏——先后由宝树（原名阎基）、苗若兰、平阿四口述。胡一刀和胡夫人的形象刻画也就此全部完成。

除此之外，胡、苗大战中还出现一些匪夷所思的桥段。两人以世仇身份约战，本应不共戴天、分外眼红。可一见面并非剑拔弩张，也不是装模作样的先礼后兵，而是各自向对方交代后事，胡一刀甚至向苗人凤托孤。写神交已久的两人一见如故不奇怪，写素不相识的两人倾盖如故也不奇怪，而将性命相搏的两个仇人第一次见面写成这样，确实见所未见。第一天大战结束后，胡一刀通宵不睡，一夜奔驰近六百里，累死五匹马，用苗家剑法杀死苗人凤的大仇家商剑鸣。其间的义气干云、快意恩仇、神出鬼没、举重若轻和思虑周详，怎不令人倾倒！

诗曰：
仇人一见却倾心，剑往刀来震古今。
五马宵奔齐冀路，夜挑强敌报知音。

---

① 后来《神雕》中的洪七公、欧阳锋也大战五日夜，但所占篇幅远远不及。

天雄星豹子头林冲——狄云

匹配度★★★★★

相似点	林冲	狄云
性格安分守己	安于现状，都不想惹事，可是"匹夫无罪，怀璧其罪"，祸事偏偏找上门来	
被人刻意诬陷	高俅以"手持利刃，故入节堂，杀害本官"罪名诬陷林冲	万圭以强奸的罪名诬陷狄云
陷害的起因源于加害者觊觎身边最亲近的女人	高俅陷害林冲源于高衙内觊觎林娘子	万圭陷害狄云源于其觊觎戚芳
肉体遭受残酷折磨	刺配路上被百般折辱	被投入大牢，并被削断右手五指、穿琵琶骨
被结义兄弟所救	被鲁智深搭救	被丁典搭救
生平一段重要经历发生在偏僻古庙	林教头风雪山神庙是林冲落草之前少有的扬眉吐气的经历，也是促使他下决心落草的关键经历	《连城》最后一场重头戏发生在江陵城外的天宁寺古庙，狄云亲眼目睹几百个觊觎宝藏的武林人物尽数被毒死

如果说萧峰是金庸小说男主中内心遭受打击最巨者，狄云便是身体遭受折磨最惨者。

狄云似乎与单名一个"冲"字的高手特别有缘，除了林冲，还有令狐冲。与令狐冲类似，狄云也无父无母（二人是金庸小说中仅有的无父无母型男主），也打小在师门长大，也和师妹青梅竹马，后来师妹也移情于同门并与之成婚，这个同门也欲置狄云于死地并最终杀死师妹，师父也是伪君子并企图杀狄云，最终师父也死于非命，在此过程中也有另一位女子钟情于狄云并一同归隐。狄云、戚芳、万圭、戚长发、水笙之间的故事和令狐冲、岳灵珊、林平之、岳不群、任盈盈之间的故事分别构成两部作品的主要情节。如果说这些完全是巧合，恐怕难以令人信服。《连城》创作在前，不妨称为这种叙事模式的1.0版，《笑傲》则是2.0版。从戚芳给女儿起的小名"空心菜"来看，她对狄云并未忘情。相比岳灵珊的凉薄无情，更替令狐冲感到不值。

除了韦小宝另类外，狄云和石破天、虚竹、段誉应该算是男主中最没有英雄气概的几位，作品对狄云的定位是一个老实巴交的农民。他多次靠乌蚕衣才得保住性命，石破天等可没有这么窝囊。他从戚长发那里学到的武功狗屁不通，遇到丁典后习得"神照功"，遇到血刀老祖又得到《血刀经》，集正邪之所长。到他离开藏边雪谷时已经天下无敌，可他还是全无自信。

《连城》是一部奇书，邪气极重，极其压抑。阅读过程中，时而巨石压胸，时而热泪盈眶，有些段落不忍卒读。《红楼梦》中的"落了片白茫茫大地真干净"，移来评价《连城》再合适不过了。全书最后一幕，狄云抱着空心菜来到白茫茫的藏边雪谷，迎着飞奔而来的水笙，画面就此定格。此时我们蓦然发现，除了这三个人，书中所有人物均已丧生，真的是一干二净！这样的安排，这样的结局，金庸笔下仅此一例而已。

诗曰：
庙中宝藏价连城，数百雄豪死无声。
唯有素心三两辈，藏边雪谷了余生。

天猛星霹雳火秦明——洪七公

匹配度★★★★

洪七公掌法刚猛、性如烈火，与秦明之星名、绰号、脾气均相合。两人都使棒：秦明狼牙棒，洪七公打狗棒。两人都在激烈的战斗中死去。

射雕五绝中武功最高的是王重阳，第二次华山论剑中是逆练《九阴真经》的欧阳锋战绩最佳。不过若论人物的重要性，必推洪七公为第一。郭靖生平拜师三次：江南七怪教的是武功根基，哲别教的是箭术，只有洪七公教的是上乘武功。郭靖后来武功大成，主要拜洪七公所教。洪七公还是郭靖的心灵导师，他在华山论剑之前的一番话解除了郭靖的心魔。这番"恶徒该杀论"大义凛然，只有洪七公有底气说，也只有他说郭靖才心服。

洪七公的成名绝技降龙十八掌至刚至猛，无坚不摧，是金庸小说中最具象征意味的正派武功。非光明磊落、端方重义的豪侠之士，没资格修炼降龙十八掌。擅长此掌法的是正气凛然的两对师徒：汪剑通、萧峰和洪七公、郭靖，其中后一对师徒使用降龙十八掌的频率更高，影响力也更大。打狗棒法非丐帮帮主不传，是洪七公压箱底的功夫。他生平最后一战与欧阳锋大战五日夜，都舍不得拿出来用。两人相拥而逝后，杨过也是凭借打狗棒法所展现出的巨大威力，断定欧阳锋略逊洪七公一筹。

与洪七公的卓绝武功一样出名的，还有他强烈的口腹之欲，号称

"天下第一馋人，世间无双酒徒"①。大江南北、长城内外、庙堂之高、江湖之远，都留下了洪七公贪婪的口水。洪七公是有原则的人，如果有一样东西能让他放弃原则，那就是美食。他传授郭靖降龙十八掌，原打算传个两三掌了事。不料黄蓉的厨艺实在太高、花样实在太多，引得洪七公欲罢不能，结果连传了十五掌。如果让洪七公吹嘘自己最得意之事，吃到某味珍稀美食比起赢得某场高手对决，应该更能激发起他的兴致。

洪七公的火爆性情随着年龄增长渐趋平和。早年因贪吃耽误要事，他的暴脾气上来，就剁掉了自己的右手食指，成了九指神丐。中年在桃花岛上为郭靖提亲时，主动挑战欧阳锋，当面斥责黄药师，不改姜桂之性。临终前与欧阳锋连日大战，杨过怕欧阳锋出意外，两次恳求洪七公退出，洪七公在兴头上居然愿意忍让，足见脾性较前已缓和许多。

洪七公是历届五绝中唯一没有经历过男女之情的，偏偏未经人事的黄蓉在洪七公面前追问男女之事，令他心中飘过一万个尴尬的表情包。他生平最出人意表的决定是将丐帮帮主之位传给一个娇滴滴的小姑娘黄蓉。不过黄蓉上任后的"政绩"证明洪七公确有知人之明。他生平严于择徒，仅有的两名正式弟子便是郭靖和黄蓉，足见其眼光独到。

诗曰：
凛然高论众士惊，腹无美味意难平。
打狗棒兼降龙掌，卅年北丐显威名。

---

① 见《射雕》第二十回。

天威星双鞭呼延灼——少林三渡

匹配度★★★

少林三渡即渡厄、渡劫、渡难。这三位少林高僧是金庸小说中鞭索造诣最高之人,尤其三人联手更是威力无穷,即便张无忌这样的开挂高手亦非其敌。三人中渡厄与任意一位双索联手,大体可与张无忌打成平手。以上述及的"鞭""威""双"等关键词契合呼延灼的星名和绰号。

少林三渡有几个显著特点:其一,佛法武学双修,造诣极高。《倚天》的出场人物中,除了张三丰、张无忌,没有人是他们的对手。其二,在少林寺内威望极尊,空闻方丈是他们的师侄。其三,三十余年闭关清修,不理外务。因此外界不知三渡,三渡亦不知武林的变迁。其四,三十余年形影不离,心意相通,一人动念,另两人便即会意。所以三人联手的"金刚伏魔圈"威力倍增。其五,三人修行之处是三株呈"品"字形排列的巨松树洞。

三渡在短期内与张无忌及其帮手展开三度大战,除了第一场是遭遇战,其他两场是面对天下英雄的约战。男主以这样的高频率与同一组对手进行三次如此高强度的大战,这在金庸小说中绝无仅有。为什么会有这样貌似不太合理的安排?其实原因很简单:两个核心人物——张无忌和谢逊,需要三渡。

张无忌学会圣火令神功后,集齐四大神功。按照《倚天》情节的惯例,张无忌每学会一项神功,必有一场大战供其练手。如今所有配置均已到位,只差实战磨合与融会贯通。已有的出场人物(除了张三丰)皆不足以供张无忌练手，他也不可能找张三丰过招，此时就必须有匹配张无忌功力的大高手出场，这便是三渡了。张无忌与三渡每交战一次，武学修为便加深一层，这种实战的修炼非师徒授受和自身领悟所能替代。在第三次张无忌联手周芷若与三渡的激战中，张无忌使用圣火令神功曾一度心魔大盛，后来靠谢逊念诵《金刚经》才予以化解。经此三役，四大神功同时登场、去芜存菁、融会贯通、返照澄明，张无忌的武功终于达到炉火纯青、登峰造极之境。

谢逊被成昆掳至少林寺，如果被简单处死或被某个仇家杀死，那就显得作者太没水平了。既然谢逊的结局被设定为皈依佛门，那就必须有与其身份匹配的高僧收入门墙。少林"空"字辈四僧中空见、空性已死（空见如果在世，倒是最合适的人选），空闻、空智的武功不过与谢逊伯仲之间，且二人的佛法、见识、胸襟、格局也未见特出之处，没有资格成为谢逊的师尊。因此需要佛法武学双修且造诣极高者出场，这就是三渡了。三渡中又以渡厄为首，不论辈分、佛法、武功，均高于两位师弟。由渡厄收谢逊为徒，正是得其所哉！

金庸非常重视少林寺在武林中的地位，凡少林僧出场的作品，必有大高手压阵。《神雕》中有觉远，《笑傲》中有方证，《天龙》中有扫地僧，《鹿鼎》中有澄观。《倚天》在这方面最明显，十大高手中有五位来自少林：觉远、渡厄、渡劫、渡难、空见。此外，张三丰的武功也源出少林。

诗曰：

夭矫三松郁青苍，旷代高僧此中藏。

点化狮王成谢逊，金刚伏魔炼张郎。

天英星小李广花荣——郭靖

匹配度★★★★

郭靖和花荣有四大共同点。其一，箭术通神。花荣箭术天下第一，在梁山射雁；郭靖箭术于金庸武林排第一，在草原射雕。其二，忠诚。花荣为宋江殉节；郭靖为南宋殉节。其三，会枪法。花荣善使银枪，又称"银枪手"；郭靖会使呼延枪法。其四，两人都善骑烈马，能开硬弓。郭靖是射雕英雄，故以"天英星"属之。郭靖在《射雕》中是男主，在《神雕》中是男二号。除韦小宝外，郭靖是金庸着墨最多的人物。

郭靖生平所学武术极为驳杂，除内功和轻功外，还有掌法、腿法、拳法、指法、擒拿、刀法、剑法、鞭法、杖法、枪法、摔跤、箭术、阵法、兵法等。据统计，郭靖使用过的各类武术有名字可查的多达三十余种（指成套路的武功，不是指招数），在金庸小说中排名第一。其中最常用的自然是看家本领——降龙十八掌。这门功夫对郭靖来说意义非凡，经历了初学、学全、苦练、融合创新等几个阶段，其间二十余年涵盖了郭靖初入江湖一直到成长为侠之大者的全过程。三十余岁在终南山大破北斗大阵时，郭靖将双手互搏融入降龙十八掌。四十岁在襄阳城外大战金轮法王、潇湘子和尼摩星，又将《九阴真经》和天罡北斗阵融入掌法。这些都是洪七公生前所未领悟到的境界。

在金庸小说男主中，真正从生到死写尽一生的只有郭靖和萧峰两大侠，郭靖的享年是萧峰的两倍有余。萧峰出场时已经三十一岁，此前的经历全靠口述回忆。郭靖从出生到五十五岁左右，全是正面描写，这是独一份的特殊待遇。郭靖以资质平庸甚至愚笨著称，洪七公和江南七怪传授武艺时都曾因郭靖领悟力太差而欲哭无泪。可是他学会了最多武功，他是唯一能背诵全本《九阴真经》的人，他可以通过观察和思考参透天罡北斗阵的秘密，他能轻易掌握双手互搏的精要，他能完美地将《武穆遗书》运用于实战并成为男主中的兵法第一人，他成了震古烁今的大高手。勤能补拙、笨鸟先飞、读书百遍其义自见等古训通过郭靖的一生得到了极好的诠释。

郭靖是绝对的正人君子，人格风范对身边人产生了深刻影响。黄蓉本来不是一个具有深厚家国情怀的人，最终在郭靖的潜移默化下共同殉国。在靖蓉这对金庸笔下厮守时间最长的男女主中，靖对蓉的影响是主要的，是形而上层面的；蓉对靖的影响是次要的，是形而下层面的。杨过自小跳脱顽皮，不受管束，干了不少离经叛道之事，甚至不顾国家大义，企图刺杀郭靖。但郭靖对杨过始终一片至诚，不惜舍命相救。杨过断臂，最心痛的是郭靖（当然还有小龙女），也要断郭芙一臂。杨过在襄阳城外大展神威，击毙蒙古大汗，成为万众敬仰的神雕大侠，终于发自肺腑地感恩郭靖的抚养教诲。

郭靖是绝对可靠的朋友，但不是一个有趣的人。他太正了，正过了头，便成了迂腐。杨过要娶小龙女，他怒不可遏，甚至想打死杨过。他一辈子没开过玩笑，不懂得幽默为何物。如果有事需要帮忙，郭靖一定值得托付；如果想约人去旅游，首先要排除郭靖。

诗曰：
勤习诸般武艺佳，同心爱侣走天涯。
襄阳死守将三纪，众口喧腾民皆怀。

天贵星小旋风柴进——一灯

匹配度★★★★

相似点	柴进	一灯
天潢贵胄	后周帝室后裔，御赐丹书铁券	大理国帝室后裔，本身也是皇帝
主动辞职	以患有风疾为由纳还官诰，复回沧州为民	退位为僧，法号"一灯"
乐于助人	人称"小孟尝"，曾收留资助宋江、林冲、武松、李逵等许多好汉	先后救助黄蓉、裘千仞和天竺神僧

东邪、西毒、南帝、北丐中，一灯出场最晚、着墨最少、存在感最低。这当然是由于出家后性格恬退，不参与江湖纷争。但是有几个细节显示一灯的特殊性：其一，一灯与王重阳的关系。第一次华山论剑之后，王重阳与东邪、西毒、北丐几乎没有往来，唯独千里迢迢跑到大理，与一灯盘桓切磋半个多月，互授先天功和一阳指。其二，欧阳锋忌惮一灯。王重阳死后，东西南北四绝旗鼓相当。欧阳锋故意重伤一灯弟子，希望趁一灯耗费功力为弟子疗伤时除掉一灯。西毒也曾偷袭东邪和北丐，但都是临时起意，不像对付一灯这样处心积虑。其三，洪七公与一灯交好。黄药师独来独往，没兴趣交朋友。欧阳锋眼中，其他四绝都是他登顶武林的障碍，不可能是朋友。关于黄蓉的婚事，洪七公与东邪、西毒持有异见，当时便想请一灯助拳。一灯出家前想把先天功和一阳指传给洪七公，落发出家时，洪七公就在他身边。因此东邪、西毒没

朋友，南帝、北丐交情好。

金庸笔下大慈大悲的高僧多出自少林寺，一灯是罕见的例外。一灯是唯一一位每次出场都是为了救人或度人的顶尖高手，而且他明知救人度人要付出巨大代价。第一次出场救黄蓉便折损五年功力。后来为点化慈恩不愿还手，差点死在铁掌之下。当日若非被慈恩所伤，他还会用一阳指抑制小龙女所中之毒。

一灯生平的分水岭是拒绝耗费功力救护周伯通与瑛姑之子，并为此萌发轻生之念，后忏悔终生。当时他还是大理国的皇帝，还有竞逐天下第一高手的雄心。孩子是自己的妃子与人私通所生，打伤孩子的裘千仞希望一灯耗费功力为孩子疗伤，这样一灯便要暂时退出第一高手的争夺。面对此情此景，绝大部分男人都会做出与一灯同样的选择。一灯的内疚忏悔说明他以佛的标准要求自己，而且此后一直在践行这样的标准。纵观金庸小说，只有一灯和空见能做到。

一灯在双雕中第一次出场都在第三十回，也许是巧合吧。一灯出场后仅有的一次直接对敌是以指力对抗金轮法王的掌力，双方功力悉敌，不分胜负。这是《神雕》中武功最高的两位僧人，一善一恶，一佛一魔，交手的象征意义大于实际意义。《射雕》中的一灯身边有渔樵耕读四大弟子，其实是原来的四个大臣。《神雕》中一灯身边只有慈恩一人。应该是晚年的一灯要与旧日的自己彻底告别，主动遣散了渔樵耕读。慈恩尚未悟道，还须带在身边继续教导点化。

诗曰：
半世帝王半世僧，尘缘了断齐爱憎。
先天功运一阳指，甘舍皮囊守青灯。

天富星扑天雕李应——虚竹

匹配度★★★★

李应是李家庄庄主,虚竹是灵鹫宫主人,都是不差钱的主。"鹫"和"雕"也挨得上。这样星名和绰号都有着落了。李应的飞刀是梁山数一数二的暗器,虚竹的生死符则是金庸小说中最具威慑力的暗器。李应的人生轨迹是富翁→落草→招安→高官→富翁,算得上世俗层面的理想人生。与之相对应的虚竹是佛家层面的理想人生。他还是"天龙八部"中的夜叉之首(详本书附录)。

虚竹是个寓言式的人物。虚者,虚幻也。竹者,寓意节操与坚守也。虚竹者,虚幻的节操与坚守是也。虚竹的人生理想非常简单:当一名合格的少林僧。如果他没有下山,一定会达成这个理想。他下山后很快发现,原先自己坚守的戒律一一被攻破,连犯荤戒、酒戒、杀戒、淫戒,辛苦习得的少林功夫也被人化去,最终只能破门出寺。原先自己想都没想过的"好处"纷至沓来,挡都挡不住:武学方面成为逍遥派掌门,获得逍遥派三大高手二百余年功力,并学会了几门武林绝学,一跃为"开挂"高手;权力和财富方面成为灵鹫宫主人,掌管九天九部婢女和三十六洞七十二岛群豪,妥妥的一方霸主;情感方面与西夏公主梦姑在冰窖内发生一夜情,别后互相牵挂思念,最后成了西夏驸马。总之,种种匪夷所思的机缘巧合之下,虚竹以火箭般的速度被抬上武功、权力、财富、地位的顶峰,一个三百六十度无死角的人生大赢家就此横空出世。虚竹要面对的问题就是,常人眼中不屑一顾的少林寺小和尚的身份是他最在意的，可是偏偏保不住；常人眼中艳羡不已的人生大赢家根本就不是他想要的（除了梦姑），却推也推不掉。作者故意用这种戏谑的方式讲述了一个人生不如意事十常八九的寓言。

　　虚竹的过人之处在于：不管命运开了多大的玩笑，他都随遇而安，因为他的本性没变。他还是那样忠厚善良，待人坦诚；他还是那样心无城府，谦冲和蔼。虚竹这个法号的另一层含义便不难体会了：虚者，虚怀若谷也；竹者，心无城府也；虚竹者，虚怀若谷、心无城府之大善人也。他的脾气太好了，好到根本没脾气。俗话说：泥人还有土性。虚竹却是那个没有土性的人。虚竹这个人物另一个层面的寓言意味就是：他没有贪嗔痴三毒，是佛家人格理想中的人物。首先他不贪。世俗的贪欲在虚竹这里根本不存在，权力、财富、地位这些世人苦苦追逐的执念，他视若无物。其次他不嗔。阿紫和童姥都曾对虚竹大加折辱，令他连破大戒，虚竹却从无怨怼之念，先是妥善料理童姥身后之事，还答应治好阿紫的眼睛。萧远山执意揭破虚竹的身世，致其父母双亡，他亦无怨愤之意。再次，他不痴。虚竹一度非常留恋少林僧的身份，但既已无可挽回，便能很快释然。他对梦姑的感情也可作如是观。

　　虽然虚竹被逐出少林寺，但并未离开佛门，他完全可以继续居士生涯，等待他的一定是一个圆满的结局。这就是关于虚竹的寓言。

　　诗曰：
破门出寺实堪嗟，冰窖相看雾里花。
不如意事常八九，远离三毒方足夸。

天满星美髯公朱仝——风清扬

匹配度 ★★★

朱仝以美髯知名，风清扬也是白须飘飘。朱仝跟随刘光世作战，官至节度使，可算圆满；风清扬得遇令狐冲这等佳徒，平生绝学后继有人，亦是圆满。如他亲口对令狐冲所说："我暮年得有你这样一个佳子弟传我剑法，实是大畅老怀。"①

金庸喜欢写男主的成长史。十三位男主中，有十一位出场时并不身负上乘武功，令狐冲便是其中一位。风清扬的出现，使其有机会窥见上乘武功的堂奥，绘就其成长过程中极重要的一笔。风清扬认为岳不群"狗屁不通"，令狐冲"本是块大好的材料，却给他教得变成了蠢牛木马"。初读以为风清扬对岳不群有成见，通读全书后方觉得句句在理。岳不群在令狐冲心目中本是完美的师尊，风清扬的出现让这份完美打了折扣。华山剑气二宗水火不容，令狐冲向风清扬学艺，便为其后他与岳不群的关系破裂埋下了伏笔。

风清扬教了令狐冲两样东西。有一样令狐冲领悟得很好，就是"独孤九剑"，以后成了令狐冲的看家本事。关键是其中"无招胜有招"的妙谛，让令狐冲见识了闻所未闻的全新境界。风清扬教导令狐冲学独孤九剑，像极了张三丰教导张无忌学太极剑，教者欢喜，学者开心。风、张二宗师都希望徒孙用剑法临敌之际，将具体的招式变化"忘记得越干

---

① 本节引文均见《笑傲》第十回。

净彻底,越不受原来剑法的拘束",真正做到遗貌取神。另一样风清扬提过一次,虽然语重心长,但令狐冲显然没放在心上,就是"世上最厉害的招数,不在武功之中,而是阴谋诡计,机关陷阱"这句话。风清扬是有感而发:当年在剑气二宗内斗时,他曾被气宗以计策骗走,远去他乡成亲,错过二宗对决,以致剑宗落败。返回华山时见大势已去,深感愧疚,遂隐居思过崖,立誓不再涉足江湖之争。此后令狐冲多次遭遇重大挫折,大都不是武功不及,而是中了对方的阴谋诡计。

风清扬仅在《笑傲》第十回出场一次,堪称神龙见首不见尾。此后三十回"风不在江湖,江湖却有风的传说",多位高手在不同场合提及风清扬。任我行在少林寺发表"三个半"高论,声称他佩服的三个半高手是东方不败、方证、风清扬和半个冲虚,不佩服的三个半以左冷禅为首,实际上已将当时武功最强者作了盘点。以上五人加上任我行,以及剑法初成的令狐冲,便是当世七大高手。风清扬稳居前三。若单论剑法,则是公认的天下第一。走笔至此,不禁想起金庸表哥徐志摩的"悄悄的我走了,正如我悄悄的来;我挥一挥衣袖,不带走一片云彩"。是不是很有风清扬的感觉?

诗曰:
当年痛心在囧途,九剑晚传号独孤。
神龙见头难见尾,留得传说满江湖。

天孤星花和尚鲁智深——扫地僧

匹配度★★★★

相似点	鲁智深	扫地僧
第一武僧	《水浒》第一武僧	《天龙》第一武僧
佛的境界	圆寂后成佛	半人半佛
救度二人	救金翠莲和林冲	度慕容博和萧远山

扫地僧孤身在少林寺藏经阁四十余年，故以"天孤星"属之。其他人物隐藏得再深，世上总有少数人知道。扫地僧是个异类，世上竟无一人知道他的存在，只因他本不属于人世间。他对萧氏父子、慕容父子和鸠摩智出手多次，书中却不提所用的武功招式，因他身上所负的本非人间武学。

《天龙》与金庸其他小说有些不同。其他小说中的人物武功不论如何夸张修饰，如何不合常理，至少读者能感觉到作者在煞有介事地维持他们作为人在体能方面的基本属性和自然规律，尽管这样的人不是常人，而是超常人。我们都知道武侠小说中的武功在现实中是不存在的，金庸小说一直以来的尺度便游走在科学与反科学之间。到了《天龙》，具体说就是逍遥派高手和扫地僧这里，便"明目张胆"地反科学起来，不再理会自己原来坚持的尺度，而滑向了仙侠小说。有评论认为，这是《天龙》在连载期间曾请倪匡代笔所致。这种说法似是而非，金庸在修订版的后记中交代得非常清楚，倪匡代写的部分已经全部删去了。《天龙》的单行本从未加署倪匡的大名，所以每一个字的文责都须由金庸来负。

之所以有这些不同，在于金庸创作《天龙》前已经创作了十部武侠小说，大部分的人物形象、叙事模式、情节设定、武功套路都已经写过了。《天龙》要出彩，就必须进一步求新求变，求更复杂的人物、更宏大的场面、更奇巧的情节、更玄幻的武功。《天龙》做到了，成了武侠小说的巅峰之作，代价是某些人物情节武功超出了原有的尺度。这种代价与小说的巨大成功相比，自然是微不足道的。但是在讨论扫地僧这个人物时不能不提及。

对于作者来说，让萧远山和慕容博这对不共戴天的仇人握手言和并皈依佛门，比起《倚天》中让谢逊皈依佛门要难得多，对扫地僧的要求也苛刻得多。萧远山和慕容博本就是绝顶高手，扫地僧必须要具备秒杀他们的能力方能胜任，那么其武力值必将超凡入圣，接近仙佛之境。在扫地僧碾压众高手的过程中，特意写到萧峰全力施为的掌力致其断骨呕血（尽管对扫地僧后续施展神功没有任何影响）。这一用心良苦的细节有两大作用，既凸显了萧峰的强大实力和英雄气概，又让扫地僧多多少少有点"人样"，不至于太离谱。如果说扫地僧的功夫能看出什么端倪，那就是少林派的"金刚护体神功"。

需要扫地僧这样半人半佛的角色来为自己设定的人物情节自圆其说，预示金庸原有的创作之路即将走到尽头。此后，金庸创作了武侠政治小说《笑傲》，算是他的最后一部武侠小说。对于作者来说，到达巅峰之后通常有三种可能：转变、衰落、封笔。金庸毕竟是大手笔，毅然选择前者，转而创作了经典历史小说《鹿鼎》。

诗曰：
佛凡参半欲何求，隐身卅载藏经楼。
死去活来顷刻事，到头一笑泯恩仇。

天伤星行者武松——杨过

匹配度★★★★★

相似点	武松	杨过
身世	父母双亡	
被斩断一臂	断自方腊	断自郭芙
成名与动物有关	打虎英雄	神雕大侠
最有女人缘	吸引了潘金莲、玉兰、孙二娘等女性	吸引了小龙女、程英、陆无双、公孙绿萼、完颜萍、郭芙、郭襄等众多女子
单臂或擒或毙敌方首领，为本方立下大功	擒方腊	用飞石击毙蒙哥

杨过是男主中唯一四肢不全的，故以"天伤星"属之。同时以神雕作为补偿，让杨过成为男主中唯一自带强大动物伙伴的。

杨过相貌俊秀、深情狂放、跳脱幽默、极有主见，对女性有巨大吸引力。他是最有女人缘的男主。韦小宝虽有七位夫人，多是坑蒙拐骗、死缠烂打所得，真正死心塌地追随他的只有双儿一人，"含金量"不足与杨过相提并论。爱慕杨过的女子各有特点：郭芙爱而不自知，还因爱生恨，直到中年才敢直面自己的内心，杨过一直认为她讨厌自己；小龙女用情至深，因失贞、误会、中毒等原因四次离开，希望委屈自己能成全杨过；程英于细微处见真情，对杨过发乎情止乎礼，最终结为兄妹；陆无双与杨过相处较久，然落花有意流水无情，亦结为兄妹；《神雕》

中公孙这个姓氏令人生厌，绿萼这个芳名却令人心疼，她爱得最苦；完颜萍与杨过萍水相逢，被对方的外貌所吸引，用情较浅；郭襄在情窦初开的年龄恋慕杨过，"一见杨过误终身"的名句即为郭襄而发。众女中绿萼为救杨过身死，程、陆和郭襄终身未嫁。

杨过认定的事情，十头牛都拉不回来。他既认定了小龙女，那便百折不挠，之死靡它。小龙女失贞也好，身中剧毒也好，靖蓉在内的众多武林人士反对也罢，哪怕十六年的离别，都不能令杨过动摇。杨过生性带着几分风流自喜，碰到美女撩拨一下、过过嘴瘾、拉拉小手都是有的，但大原则把持得很定。

杨过武学极博，可查考的武功种类、数量仅次于郭靖，质量则犹有过之。除了学自师门的全真派和古墓派武功，杨过还掌握《九阴真经》、东邪、西毒、北丐和独孤求败的部分上乘武功，当真是博采众长。更重要的是杨过自创了威力巨大的黯然销魂掌。金庸男主中自创武功者仅有两位，碰巧这两位都擅长独孤剑法。令狐冲所创冲灵剑法近于儿戏，自不能与黯然销魂掌并论。男主中谁的实战能力最强，尚可以讨论。若论武学修为，我推杨过为第一。

杨过在金庸男主中最为离经叛道。他第一次正式拜师是靖蓉，却几次欲刺杀郭靖。第二任师傅是赵志敬，杨过与其反目并逃出重阳宫。第三任师傅是小龙女，小龙女却成了他的妻子。杨过集图谋弑师、背叛师门、乱伦娶师于一身，确是胆大妄为、惊世骇俗。但他具有天生的侠义心肠，多次舍身相救靖蓉一家，又为国家立下大功，终成一代大侠。杨过的思想行为非儒释道所能拘囿，他感情用事、至情至性，称其为"情侠"较合适。

诗曰：

一生一代一双人，何妨阔别十六春？

离经叛道等闲事，情侠到头亦隐沦。

天立星双枪将董平——王重阳

匹配度★★★

王重阳为"双立"而生，生平最大成就是创立宗教上的全真教和武林中的全真派，契合董平的星名和绰号。

王重阳是口述人物，也是双雕时期公认的天下第一高手，一代武林大宗师。双雕共提及王重阳十种武功，位居口述人物第一。王重阳与胡一刀、空见这类一次性口述完成的人物不同，他的事迹乃是由多人在多个场合分别讲述完成。第一次集中讲述是周伯通在桃花岛上讲给郭靖听，第二次是一灯在隐居处讲给靖蓉和渔樵耕读听，第三次是丘处机在终南山讲给郭靖听，第四次是杨过、小龙女、李莫愁、洪凌波四人幽闭在古墓时以旁白的形式叙述的。

虽然王重阳从未出场，却是双雕故事中一个重要的枢纽。他高居武林金字塔的塔尖，双雕中的大部分重要人物与他都有或多或少、或直接或间接的关系。郭靖从马钰处学得全真派内功和轻功，并掌握天罡北斗阵法，与杨康同为王重阳再传弟子。黄蓉被裘千仞铁掌拍成重伤，一灯用王重阳所传先天功挽救黄蓉。杨过从赵志敬处学得全真派武功要诀，又与小龙女同练全真派功夫，杨、龙二人都算王重阳三传弟子。以上五人分别是《射雕》男主、男二号、女主和《神雕》男主、女主。再看五绝级别的人物。古墓派祖师林朝英是王重阳一生的对手和唯一的红颜知己；中顽童周伯通是王重阳师弟；东邪、西毒、南帝、北丐与王重阳在华山论剑七天七夜，四人甘拜下风，此后王重阳与南帝互授上乘武功、王重阳用一阳指破掉西毒的蛤蟆功、东邪到终南山造访王重阳。这么一盘点，双雕在拙著中列入天罡星的出场人物已被网罗殆尽。

王重阳与张三丰都是道家武林的创派大宗师，也是金庸武侠小说中道家的两大绝顶高手，两人相似点极多。

相似点	王重阳	张三丰
创派	全真派	武当派
创手上功夫	全真掌法	武当拳法、太极拳法
创剑法	全真剑法	武当剑法、太极剑法
创七人阵法	天罡北斗阵	真武七截阵
童子功（两人都是童男）	先天功	纯阳无极功
轻功	金雁功	梯云纵
各有一位创派的红颜知己	林朝英创古墓派	郭襄创峨嵋派
各有七位弟子	全真七子	武当七侠
各有一位弟子被杀	谭处端被欧阳锋所杀	莫声谷被宋青书所杀
各有一位弟子娶妻	马钰娶孙不二	张翠山娶殷素素
各有一位徒孙被清理门户	赵志敬被周伯通清理	宋青书被张三丰清理
门下均有金庸小说男主	郭靖、杨过	张无忌
门下均有金庸小说男二号	杨康、郭靖	张翠山

除了以上十三个相似点，二人也有明显差异：王重阳是口述人物，张三丰是出场人物；王重阳有一位武学修为极高的师弟，还曾领军抗击外侮，张三丰没有；武当七侠的武功高于全真七子。总之，将王、张二人做一番比较，的确饶有兴味。

诗曰：

教创全真派亦同，天罡北斗显奇功。

论剑华山真五绝，无人不服中神通。

天捷星没羽箭张清——石破天

匹配度★★★

张清的绝技是飞石，正合石破天的姓名。石破天捷足先登练成侠客岛神功，亦合张清的星名。

金庸本身满腹诗书、学富五车，但是笔下的男主除了陈家洛和段誉，大都文化程度不高。其中有一个彻彻底底的文盲，就是石破天。如果按照识字量对男主进行排名，最后一名非石破天莫属，他一个字都不认识。与虚竹类似，石破天也是寓言式的人物。只是他比虚竹更淳朴，虚竹的文化、礼仪素养以及持戒观念，他压根就没有。他唯一的欲望是填饱肚子，唯一的想法是与母亲和黄狗在一起，可惜到最后他才知道与他朝夕相处的那个女人并非自己的母亲。

金庸在《侠客》后记里说："各种牵强附会的注释，往往会损害原作者的本意，反而造成严重障碍。"侠客岛上一众武林高手被注释所囿，寻章摘句，争论不休，始终未能参透岛上的绝顶神功。石破天瞎字不识，根本看不懂注释，当然也就懒得去看。当他看到原文时，所有的文字于他毫无意义可言，目中所见都是一把把形态、剑势、剑意各不相同的利剑，他顺着剑势、剑意看去，内息自然而然随之流动，手舞足蹈，待得从头至尾看完一遍，这项神功已是被他练成了。这就是关于注释损害本意的寓言。

《侠客》还有另外一层更深刻的寓意，是关于家庭教育的。石清和闵柔夫妇生了两个儿子：石中玉和石中坚（石破天）。石破天打小被因妒生恨的梅芳姑掳走，叫他"狗杂种"，让他承担各种家务，要求他所有事情都自己做，别去求人，这就养成了石破天无欲无求的特点。加之他天性纯良，勇于助人，误入江湖之后颇有奇遇，机缘巧合之下习得上乘武功，成长为众口称赞的一代少年英侠。在梅芳姑眼里，石破天是她心上人和情敌的孩子，自然不会给他好脸色。她从来不惯着石破天，要他事事自食其力，也懒得去干涉他的天性发展。她根本就无意教育石破天，但实际上取得了良好的效果，算是一种无为而治的教育模式。反观石中玉，因石破天打小被掳走，石清夫妇只剩这个孩子，自然是娇生惯养、千依百顺、宠爱有加。到得十余岁，已是顽劣不堪，难以管束。石清夫妇无奈之下，一狠心把他送到雪山派高手封万里门下。不料三年后，石中玉企图性侵雪山派掌门白自在的孙女阿绣，未遂逃走，却致令阿绣跳崖，白自在发疯并斩去了封万里的右臂，白夫人也离家出走。石中玉凭借一己之力把雪山派折腾得天翻地覆。石清夫妇听闻儿子如此胡作非为，心中既痛且愧。其实正是闵柔溺爱型的教育模式让石中玉走上了歧途，最终闹到难以收拾的地步。

另外，江湖上大名鼎鼎的谢烟客有一枚玄铁令，得之者可以让谢烟客办一件事，一时间玄铁令成了武林人士争夺的焦点。不料此物落到石破天手上，石破天浑不知其中的利害关系，也从不求谢烟客做一件哪怕易如反掌的事，反倒弄得谢烟客提心吊胆。这又是一个关于无欲则刚的寓言。总之，《侠客》围绕石破天写了几个精彩的寓言故事，并让他练成"开挂"神功。他本无意为侠，故可称"无侠"。

诗曰：
无欲无求高士风，无为而治效无穷。
无字萦怀始开悟，岛名侠客刻神功。

天暗星青面兽杨志——林平之

匹配度★★★★

相似点	杨志	林平之
名门之后	杨家将之后	林远图之后
对祖上有执念	念念不忘祖上的荣耀	念念不忘祖上的剑谱
干过保镖押运	押运花石纲生辰纲	福威镖局的少镖头
脸上有标记	一大块青记	为隐遁行藏而化妆

自福威镖局被青城派灭门后，林平之一直过着东躲西藏的日子，最终被令狐冲关押在西湖底，终生暗无天日。故以"天暗星"属之。

林平之是非常复杂的人物，他的故事兔起鹘落，贯穿全书始终，非常精彩，非常有张力。他的人生大致分为六个阶段：第一，镖局少镖头。刚出场的林平之锦衣玉食，意气风发。余人彦调戏酒家女，他便出手制止，端的是侠义美少年。此阶段终结于灭门惨案。第二，天涯亡命徒。他亡命江湖，自身难保之际，仍于衡山群玉院甘冒奇险出声干扰余沧海。这一下干扰实际上救了令狐冲，不改侠义本色。此阶段终结于岳不群在木高峰手中救下林平之。第三，华山派弟子。这是灭门后他唯一的短暂平静时光。他衷心敬慕师父师娘，接受了钟情于他的岳灵珊。此阶段终结于他识破岳不群的阴谋。第四，搏命复仇狂。他九死一生从岳不群手中夺回辟邪剑谱，此后自宫练剑。终于手刃余沧海和木高峰，得报血海深仇，但亦双目失明。此阶段终结于他杀死岳灵珊。第五，结盟左冷禅。五岳并派后，左冷禅拉拢他结成"瞎子同盟"。两人在华山思过崖石壁后洞中驱使十五名瞎子高手把五岳剑派的高手尽数杀戮，最后企图杀令狐冲。此阶段终结于令狐冲削断他的经脉。第六，囚禁西湖底。令狐冲格于岳灵珊的临终遗言，不能杀他，便将已成废人的林平之囚于西湖底。

剧情高潮在第四阶段。岳不群的真面目暴露后，林平之认为身边所有人都在算计他家的剑谱，连岳灵珊的感情亦是阴谋的一部分。他开始了孤独、坚毅、决绝而又疯狂的复仇计划。为瞒过岳不群耳目，与岳灵珊结下有名无实的婚姻。后剑法初成，以猫戏老鼠的模式复仇。复仇的过程惨烈、狂暴、血腥，同时夹杂着快意、诡异。如果说余沧海和木高峰本就死有余辜，那么林平之将长剑刺入岳灵珊胸膛的瞬间，他不但杀死了世间唯一爱他的人，也彻底走向了不归路。

林平之想杀岳不群可以理解，杀岳灵珊是为了向左冷禅表明心迹，想杀令狐冲是因妒生恨。那么他要杀光五岳剑派的高手，就显然与当初那个侠义少年判若两人了。辟邪剑法，名曰"辟邪"，似乎反而邪祟得很。习之者多性情大变，固然与自宫有关，同时大部分练习者自觉见不得人，长期或掩人耳目、或隐遁行藏，性情较之先前自会不同。至于林平之，在为父母家人复仇的同时，还给自己附加了两个任务：为祖传剑法正名，重现曾祖林远图的荣光。双目失明后，这两个任务（尤其后一个）本非其力之所能及，故而不得不与左冷禅、劳德诺等阴险狡诈之辈为伍。这就使得他在阴狠乖戾、暴躁凶残的邪路上越走越远。

诗曰：
翩翩侠义美少年，惨祸灭门众士怜。
大仇得报未知足，无奈废人湖底眠。

天佑星金枪手徐宁——鸠摩智

匹配度★★★★★

徐宁名号关键词	鸠摩智生平
天佑	被段誉吸干毕生功力,却成就一代大德高僧,堪称"天佑"
金	要胁天龙寺交出《六脉神剑经》,书信是金封皮银字金笺。装少林绝技抄本的盒子,是黄金打造的小箱。别人最多不差钱,鸠摩智不差金子
枪	一直被慕容博当枪使。直至大难临头,才识破慕容博赠其少林七十二绝技的险恶用心
徐宁	鸠摩智一生:在武林大闹一场,然后徐徐宁定下来

鸠摩智与徐宁的生平没有什么相似之处,但徐宁的星名、绰号和姓名似乎是为鸠摩智生平量身定制的。鸠摩智是金庸小说人物中对武功秘籍最贪多务得的,他的前半生是好武成痴的典型。身为佛学修养深厚的高僧,却将佛家三毒中的"贪"和"痴"表现至极致。他还是"天龙八部"中的迦楼罗(详本书附录)。

鸠摩智在武学方面的成就主要体现在:第一,掌握武功招式最多的人。单单少林七十二绝技中蕴含的招式就是一个极为惊人的数字,遑论鸠摩智还有其他众多招式储备。第二,唯一打算凭借一己之力让少林寺"关门歇业"的人。打算挑了少林寺进而称霸武林的人并不是没有,《倚天》中的赵敏,《笑傲》中的任我行、左冷禅乃至林平之都动过此念。但这些人都需带领大队人马行动,不像鸠摩智历来单枪匹马。即使没有虚竹出面干预，等待鸠摩智的结局也只能是被扫地僧秒杀。第三，唯一兼修小无相功和易筋经的人。两者分属逍遥派和少林派无上内功心法，历来无人兼修。只有鸠摩智这种好武成痴的人，才会不顾后果，强行修炼。

鸠摩智为了得到武学秘籍，毫不顾念自己的身份，各种下作手段轮番上演。对《六脉神剑经》，他是硬抢不成；对小无相功，他是巧取；对《易筋经》，他是豪夺；对少林七十二绝技，他是交易。《天龙》中出场的高手虽多，毕竟以少林扫地僧、虚竹和段誉最强。六脉神剑系段誉的看家本领，小无相功乃虚竹的内功根基，《易筋经》和七十二绝技是少林僧的成名绝艺。这么看来，以上四种他处心积虑要得到的武学秘籍正是当世最高深的秘籍，足见其眼光非常老辣。鸠摩智也是唯一与这三大高手都动过手的人。

鸠摩智不仅好武，还好名。他不同于周伯通，老顽童是单纯好武，从不打算挑了某高手或某门派以博取名声。从鸠摩智欲单挑整个少林寺来看，他很想得到天下第一高手的名号。鸠摩智多行不义，还曾对段誉、萧峰、扫地僧等起过杀心，但未能如愿。因此终其一生，并未杀过一人。

其人在《天龙》中的经历恰似一个轮回：出场之前以佛法渊深的高僧为世人所知，谢幕之后又回归到一代高僧的身份。第一次出场在段誉面前，欲谋取段誉身上的武功；最后一次出场也在段誉面前，毕生功力反被段誉取走。第一次出场即为了抢走武林秘籍，最后一次出场交还武林秘籍。

诗曰：
可笑平生为武忙，老来事业转荒唐。
神功丧尽飘然去，纵死犹闻佛骨香。

天空星急先锋索超——胡斐

匹配度★★★★

胡斐急公好义，是行侠仗义的急先锋。他在《飞狐》中最重要的两位女性都离开了他，亲情与恋情终成虚空，故以"天空星"属之。胡斐这两个字倒过来读，便是"飞狐"。

胡斐是金庸最喜欢的五位男主之一，与萧峰、杨过、郭靖、令狐冲并列[1]，也是唯一能在两部作品成为男主的人物。胡斐最大的特点是能把"路见不平，拔刀相助"这八个字的侠义真谛践行到位。这话说起来容易，做起来却难，胡斐碰到的情形更是难上加难。

武侠小说中大部分人物的大部分行为都是为自己认识的人而产生的。为亲人报仇、救助同门、与恋人共患难等武侠小说中常见的情节，严格来说都够不上"侠"的标准，因为这些都是具有密切关系的身边人，任何一个三观正常且具备能力的人都会这样做。至于争夺武林地位、谋取武功秘籍、打击竞争对手等行为就更加等而下之，与侠义精神南辕北辙了。郭靖、萧峰这样为国为天下捐躯者自然是侠之大者，但郭、萧毕竟身居高位，很多民间底层的不平之事他们是很少有机会看到的。武侠小说中很难看到主动出手救助素不相识的底层人民的侠义行为。《水浒传》中鲁智深为了金翠莲父女而拳打镇关西算得上一次，但这样的例子实在是少之又少。胡斐为了钟阿四一家锲而不舍地追杀凤天

---

[1] 见《飞狐》后记。

南的故事，是这方面最典型的例子之一。在此过程中不断有胡斐身边的关系人阻挠、说情、给好处等等，胡斐均不为所动，誓要让恃强凌弱者受到应有的惩罚。胡斐是真正意义上的侠义之士，是为"真侠"。

现在把金庸小说中十三位男主按侠义类型做一归类：陈家洛、袁承志、张无忌归为儒侠，郭靖、萧峰归为大侠，杨过归为情侠，胡斐归为真侠，狄云、石破天归为无侠，虚竹、段誉归为佛侠，令狐冲归为道侠，韦小宝归为反侠。真侠只有胡斐一家，别无分号。由此可以看出，金庸笔下前期多儒侠、大侠、情侠、真侠，后期多无侠、佛侠、道侠、反侠。前期的侠士多正格，后期多变格。

从情感经历说，胡斐是相当悲催的。初恋袁紫衣屡次干扰他追杀凤天南，一度成为他行侠仗义的障碍，这在男主中也算独一份了。胡斐对其情根深种之后，又发现她是尼姑。其他男主最多碰上女扮男装的，尼扮俗装的唯一一个也让胡斐碰上了。程灵素对胡斐倾心相爱，无奈胡斐以亲妹待之，最终为救胡斐而死。苗若兰与胡斐的感情注定没有结果。《雪山》的结尾胡斐和苗人凤激战，到了不是你死便是我亡的生死关头，胡斐成了唯一生死不明的男主。不论胡、苗哪一位被杀，苗若兰势必不会和胡斐在一起。

诗曰：
自古世间真侠稀，扶弱锄强愿不违。
痛心同道决生死，却问飞狐归不归？

天速星神行太保戴宗——段誉

匹配度★★★★

戴宗是神行太保，段誉有凌波微步，都以奔行极速、神鬼莫测著称。故以"天速星"属之。段誉还是"天龙八部"中的龙神（详本书附录）。

段誉在《天龙》三兄弟中排名最末，但其出场次数排第一。如果按作品着墨多少来定主人公，段誉应该是男一号。但是萧峰的主角光环过于耀眼，所以一般默认其为男一号。虽然段誉只能屈居《天龙》男二号，但若论男主中的"舔狗"，绝对无人敢与段誉争锋。

《天龙》的大部分读者或影视剧观众一提到段誉，第一印象往往是他对王语嫣的痴迷，还据段誉所见所感，想当然地认为王语嫣是《天龙》第一美女。这里要澄清两个细节：首先，段誉痴迷王语嫣并不是因为她本人，而是因为王语嫣长得很像琅嬛福地里的那尊玉像。如果王语嫣长得极美，却不像那尊玉像，段誉看到她时绝不会是书中那样的反应。其次，王语嫣是不是《天龙》第一美女？我不知道。我只知道她是段誉眼中活着的第一美女。如果不局限于活物，那么段誉眼中最美的是那尊玉像。至于在其他人眼中，王语嫣是不是《天龙》第一美女，这还真看不出来。总之，段誉痴迷的根源是玉像，王语嫣只是因为长得像而被爱屋及乌。

段誉虽然是贵胄子弟，但性格很随和，由于对自己喜爱的东西特别痴迷，所以有个小名"痴儿"。段誉的痴迷有两个特点：第一，他不痴迷权力、地位、金钱、美色这些物欲色彩浓厚的对象，对学武也没有兴趣。他痴迷的对象是花草、围棋、古籍、玉像等长物。第二，他的痴迷不以占有为目的，他更看重的是欣赏、理解和陪伴等精神层面的内容。他对王语嫣的感情也可以作如是观。试想一下，如果王语嫣始终迷恋慕容复，段誉会横刀夺爱吗？答案自然是否定的。

段誉的性格非常像贾宝玉，但比宝玉更随和，宝玉脚踹袭人那样的事情，段誉绝对做不出来。段誉在大理无量山琅嬛福地里的那段文字，如果把名字换成贾宝玉，也毫无违和感。我敢断言，金庸创作那段文字时心里想着贾宝玉。如果要在男主中找一位当朋友，我首选段誉。

段誉和虚竹两兄弟是男主中仅有的两位佛侠，两人十分投缘，具有诸多相似之处。

相似点	虚竹	段誉
生父与生母私通所生	玄慈与叶二娘私通所生	段延庆与刀白凤私通所生
父子均不知对方	不知玄慈乃其生父	误以段正淳为父
宗教信仰	佛教	
性格	忠厚善良、随和谦退、不贪不嗔、有正义感	
武功进境神速	由武功极低到"开挂"	由不会武功到"开挂"
身负逍遥派绝学	北冥神功、小无相功等	北冥神功、凌波微步
定情地点怪异	冰窖	枯井
一方领袖	灵鹫宫主人	大理国皇帝

在男主中，段誉身负的武功最少，仅有三种：北冥神功、凌波微步、六脉神剑。内功、轻功、剑法（剑气）各一种，这是最简单的配置，却也是最具"性价比"的配置。

诗曰：

青衫磊落险峰行，绝壁玉人怎忘情。

兄弟投缘诚至乐，微步北冥剑气横。

天异星赤发鬼刘唐——谢逊

匹配度★★★★

谢逊的绰号是金毛狮王。"金毛"对"赤发","王"对"鬼",这两人的绰号高度契合。两人都用刀:刘唐用朴刀,谢逊用屠龙刀。谢逊的七伤拳先伤己后伤人,算是最怪异的武功之一,故以"天异星"属之。

谢逊与萧峰均在人生得意之时突发人伦惨变,此后均奋力与命运抗争,并以超凡武功在江湖上掀起轩然大波和腥风血雨,抗争过程中均留下终身遗憾。鉴于两人的众多相似之处,故将谢逊称为萧峰的1.0版。

相似点	萧峰	谢逊
身材气势	身材甚是魁伟,顾盼之际,极有威势	身材魁伟异常,威风凛凛,真如天神天将一般
一方雄豪,事业有成	丐帮帮主	明教法王
三十岁左右人生转折	三十一岁	二十八岁
父母被长辈所杀	养父母被生父所杀	亲生父母被师父所杀
爱侣被杀	阿朱被自己误杀	爱妻被师父所杀
苦寻仇人	苦寻"大恶人"	苦寻成昆
仇人都是长辈	"大恶人"乃生父	成昆乃师父
仇人皈依佛门	生父入扫地僧门下	成昆入空见门下
因误杀留下终身遗憾	误杀阿朱	误杀空见
武林公敌	被误认为弑父母弑师	为逼出成昆而滥杀无辜
排面大	聚贤庄大会	屠狮大会
在大会上杀伤众人	聚贤庄大会	王盘山大会
自我了断	自杀	自废武功

谢逊在明教的两使者、四法王中是最重要的。阳顶天预感自己大限将至时遗命谢逊为总领教务的副教主。在《倚天》的大部分故事里，屠龙刀都在他手中。各派势力寻找、争夺谢逊是贯穿始终的主要情节线索。谢逊与男主的关系也最为密切。谢逊是极为复杂、张力十足的人物。他一家十三口被授业恩师所杀，经历之惨骇人听闻，也导致他此后喜怒无常，不时触发狂疾。他为逼成昆现身而滥杀无辜无疑是罪孽深重。他不服空见的调解，使诈用七伤拳击毙空见，十足的小人行径。

谢逊在王盘山岛赌赛吞毒盐，杀海沙派总舵主元广波以报余姚张登云灭门、海门欧阳清惨死之仇；赌赛封鼻憋气，杀巨鲸帮帮主麦鲸以雪数十名远洋客商命丧大海、七名妇女被奸杀之恨；秒杀神拳门掌门过三拳，以惩罚其逼奸嫂子不成便杀人灭口的无耻恶行。这些都是大快人心的侠义之举。也是在王盘山岛，他为防止岛上众人透露屠龙刀的下落，原拟尽数杀掉，只因赌赛输给张翠山，格于赌约，退而求其次，用狮子吼神功将除了张翠山、殷素素、白龟寿以外的所有人震成疯癫，又无缝切换为恶魔模式。总之，谢逊一家十三口被杀后的十三年里，他狂暴易怒，善恶不定，时而滥杀无辜，时而侠义过人。

在冰火岛上成为张无忌义父后，谢逊身边仅有的三人皆为亲人，性情便有所收敛。回到中土后因仇家过多和屠龙刀在身，多次遭人算计，最终得报大仇并皈依渡厄门下。有意思的是，谢逊与成昆乃是死仇，原先成昆比谢逊高一辈，最后两人武功尽失，均在少林门下，谢逊反而比成昆高一辈。真是天道轮回，报应不爽。

诗曰：
狮吼一声众若狂，浮槎北溟海茫茫。
屠狮有会孰为殃，深仇报罢入门墙。

天杀星黑旋风李逵——萧远山

匹配度★★★★

李逵和萧远山都曾经滥杀无辜，而且作风剽悍，武力值高，均曾造成对方群死群伤。年轻的萧远山目睹妻儿惨死，单人独骑，疯狂杀戮中原武林群豪："其时夕阳如血，雁门关外朔风呼号之中，夹杂着一声声英雄好汉临死时的叫唤，头颅四肢，鲜血兵刃，在空中乱飞乱掷。"[①]俨然开启了杀神模式。故以"天杀星"属之。

《天龙》中最震撼人心的大战有三场：雁门关大战、聚贤庄大战、少室山大战。前者的主角是萧远山，后二者的主角是萧峰。雁门关大战主要由智光大师和赵钱孙口述呈现，但其中的血腥狂暴、波诡云谲之处，丝毫不亚于后二者。萧远山是唯一亲历过这三场大战的人物。

《天龙》有十一大高手：一僧、一道、二挂、三老、四绝。扫地僧和逍遥子本非人间所有，虚竹、段誉在主角设定下双双"开挂"，逍遥派三老鲜有与其他高手的交战记录可供参照，故暂且不论。萧氏父子、慕容博和鸠摩智的武功的确在伯仲之间。如果切磋武艺，恐怕在数百招内难分胜负。若是以命相搏，根据以上三场大战的实战表现，其实不难做出判断。在游牧民族与生俱来的强悍蛮犷气质的加持下，萧氏父子一旦进入杀神或战神模式，应能胜过其他两位。

萧峰虽然不在萧远山身边长大，但其遗传基因却不容小觑。"爷儿俩一般的身形相貌"[②]，萧远山在雁门关大战后"仰天长啸"，萧峰在聚

---

① 见《天龙》第十六回。
② 见《天龙》第四十二回。

贤庄大战后"仰天大叫"。真正让人似曾相识的是聚贤庄大战的场景："（萧峰）如疯虎，如鬼魅，忽东忽西的乱砍乱杀、狂冲猛击……势若颠狂而武功又无人能挡，大厅中血肉横飞，头颅乱滚，满耳只闻临死时的惨叫之声。"[①] 此外，父子俩还有一些相似点。

相似点	萧远山	萧峰
身上的标记	胸口画着一个狼头	
业师身份	南朝汉人（未详）	南朝汉人（玄苦）
誓言	不杀汉人	不杀一个汉人
大违誓言	在雁门关杀十余名汉人	在聚贤庄杀众多汉人
自杀	未死	身死
自杀地点	雁门关	

雁门关自杀未死后，萧远山把所有心思放在复仇上。三十年下来，当年参与雁门关伏击的中原豪杰，除了玄慈，均被其一一打死。玄慈则被其揭破奸情，被逼自杀。紧接着当年的始作俑者慕容博被扫地僧秒杀，萧远山所有仇人全都死在他面前。本是彻底、快意地完成了复仇，可萧远山一点也高兴不起来，甚至连如释重负的感觉都没有，他不知道余生还有什么意义。最后受扫地僧点化，遁入空门。此后萧峰在父亲自尽、母亲惨死的雁门关自戕，也算一种轮回吧。

萧远山为报杀妻之仇，杀死中原豪杰，本没有错。但为报所谓的夺子之恨，杀死乔三槐夫妇和玄苦，则是大错特错。萧远山是仇恨使人疯狂的一个例子。

诗曰：
雁门关外朔风号，夺子杀妻莫可逃。
滥杀无辜成大错，未妨萧氏是英豪。

---

① 见《天龙》第十九回。

天微星九纹龙史进——陈家洛

匹配度★★★★

史进是一百单八将中第一个出场的，陈家洛则是金庸塑造的第一个主人公。陈家洛的事业逐步式微，故以"天微星"属之。"九"和"龙"都是与天子有关的字眼，恰好陈家洛是乾隆皇帝的弟弟。

陈家洛面如冠玉，文采出众，武功卓绝，实是出类拔萃的青年才俊。粗看过去，他应该是综合得分最高的男主：一众男主中无人有其文采，即便段誉亦略逊一筹。若是以此行走江湖，锄强扶弱，定可成为有口皆碑的一代侠士。不过命运把他推到红花会总舵主的高位，令他深层次的两大弱点暴露无遗。

陈家洛文才武功兼具，但不是文韬武略。他懂江湖，驾驭红花会群豪，与江湖人士打交道，都显得游刃有余。他不懂政治，以江湖规矩与乾隆周旋，轻信其言，最终功亏一篑，只能远走他乡。当他把喀丝丽"让"给皇帝时，一厢情愿地要为反满复汉的大业做出惨痛的个人牺牲，一边心如刀绞，一边也许正在自诩伟大吧。喀丝丽能怎样呢？她全身心地崇拜着心中无所不能的大英雄陈家洛，哪怕她再痛苦再不愿意，也只能听从他的安排。喀丝丽至真至善至美，而且还深情、果决、刚烈。她不仅是金庸小说中的第一美女，还是由内到外通体完美的人。陈家洛根本就配不上她。

小说最后一回，红花会群豪已经在六和塔上把乾隆制住了。这时一个无赖方有德用手里挟持的一个婴儿为人质，就令这些智勇双全的英雄们投鼠忌器、束手无策。陈正德和关明梅在这千钧一发的当口还满心思地吃那令人啼笑皆非的陈年老醋。反满复汉的大业要靠这群人来完成，可真是所托非人。堂堂的乾隆皇帝居然会被这么一伙人给制住，难怪金庸在后记中觉得有点对不住他。

  除了政治上无知，陈家洛还小肚鸡肠。他的内心绝不像他所表现出来的年轻有为的红花会总舵主那样坚强自信。他一开始有意霍青桐，一看到青桐与女扮男装的李沅芷神态亲密，不问情由，便心生退缩之意。霍青桐秀外慧中，武功智谋都是上上之选，也属意于他。无奈他没有信心，甚至有点自惭形秽，遂刻意与她保持距离。殊不知如果他真以大业为重，霍青桐这样的姑娘正是可遇而不可求的贤内助。反观喀丝丽，不谙世事，见识智谋比霍青桐差得多，但由于她一心一意爱慕崇拜自己，满足了他大男人的虚荣心，陈家洛便觉得非常轻松舒泰，可以对喀丝丽予取予求，甚至要求她献身乾隆，以共图大业。最终送羊入虎口，白白断送了喀丝丽的性命。

  这样的陈家洛如何配得上霍青桐？面对女一号和女二号，男主居然都配不上，这也是没谁了。总之，他的事业失败了，感情也失败了，他是个彻底的失败者。韦小宝跟他相比，看上去很渣，却是个无往不利的人生赢家。把金庸头尾这两部小说的男主对照起来看，应该可以加深对社会和人生的理解。

  诗曰：
还书贻剑枉温存，翠羽黄衫有泪痕。
忍见红颜堕火窟，空余碧血葬香魂。

天究星没遮拦穆弘——黄药师

匹配度★★★★

黄药师学究天人，没有什么学问能难住他，这与穆弘的星名、绰号都契合。个性方面黄药师视礼法为无物，也是个"没遮拦"的人物。杨过要娶小龙女，几乎人人反对，黄药师却连声称好。同时他又非常敬重忠臣孝子，认为这是为人之大节。因此，东邪、西毒固有臭味相投之处，东邪之人品实高出西毒甚多。

黄药师是金庸小说中最博学的人物，武学造诣为天下五绝之一。上通天文，下通地理，五行八卦、奇门遁甲、琴棋书画，甚至农田水利、经济兵略等亦无一不晓，无一不精。他的弟子们只需学得其中一二，便可成为一方大豪。大弟子陈玄风、二弟子梅超风专攻武艺，黑风双煞的名头令人闻风丧胆。三弟子曲灵风喜爱古玩书画，断腿之下，尚可匹敌大内高手。四弟子陆乘风擅长奇门遁甲，在太湖边建起偌大的归云庄，统辖太湖群豪。以上四大弟子任意一位均可胜过李莫愁。① 小弟子冯默风激于国家民族之大义，舍命掩护郭靖、杨过撤离蒙古大营。至于独生女黄蓉，更是金庸笔下天地灵气之所钟。后二者后文会有专论。

黄药师又是最浪漫深情的人物。他与妻子在桃花岛上琴瑟和谐，情好甚笃。其妻冯蘅是一位奇女子，有过目不忘的本领。她偶然从周伯通手中看了两遍《九阴真经》（下卷），便能背诵如流并默写出来。不料经

---

① 黄药师徒弟排名据《神雕》第十五回。

书被陈玄风和梅超风偷走,黄药师大发雷霆。冯蘅为安抚丈夫,只能重新默写,以致心力交瘁,诞下黄蓉后就因难产而去世了。黄药师心痛爱妻之亡,精心打造一艘漏水花船,准备扬帆出海,与爱妻在花团锦簇之中缓缓沉入海底,再不分离。此计划因故未能付诸实施,黄药师余生便不再为任何女子动心。他还为冯蘅修建了豪华精美的墓室,立誓不离桃花岛,以长伴爱妻左右。

黄药师还是最具人格魅力的人物。《九阴真经》被陈、梅二徒偷走后,他乖戾脾气发作,打断了其他四个徒弟的七条腿,并全部逐出桃花岛。此后梅超风深悔自己背叛师门之举,不许任何人辱及师门,为救黄药师被欧阳锋击毙。曲灵风为博得他欢心,从皇宫之中盗取字画器皿,不幸遭宫中侍卫围攻,与一名大内高手同归于尽。陆乘风被逐后仍谨守门规,因恼恨黑风双煞连累其被赶出师门,约了众高手准备将他们抓回桃花岛献给黄药师,后为重返师门而感激涕零。冯默风隐姓埋名数十年,见李莫愁辱及师门,便亮明身份与其周旋。足见弟子们都衷心敬仰爱戴他,并不因他当年泄愤时的过激行为而心怀怨怼。

双雕中进行了三次华山论剑,唯有黄药师每次都在。东邪的名号响彻江湖六十余载,诚盛事也!

诗曰:
学究天人没遮拦,多士门墙取径宽。
花船载酒伤心处,重睹桃花梦亦欢。

天退星插翅虎雷横——袁承志

匹配度★★★★

袁承志壮志未酬,最终退隐海外,正应"天退"的星名。雷横因善于纵跃,绰号"插翅虎",袁承志也以"神行百变"的轻功而知名。

《碧血》是金庸第二部武侠小说。第一部《书剑》的男主陈家洛不仅让人喜欢不起来,反而觉得很窝囊。金庸当然不想再写这样的男主,袁承志给人的感觉确实与陈家洛不同。如果说读者对陈家洛是"恨铁不成钢",那么袁承志好歹算是一块"钢"了。但是还谈不上"优质钢",只能算是"普通钢"。

有论者认为袁承志是陈家洛与郭靖之间的过渡,考虑到《射雕》是金庸的第三部武侠小说,这种说法有一定道理。前文又将陈家洛、袁承志和张无忌归为儒侠,不妨把陈袁张郭四人按若干观察点制成下表:

观察点	陈家洛	袁承志	张无忌	郭靖
形象是否鲜明	是(反面)	否	否	是(正面)
感情是否失败	是	否	否	否
是否担任职务	红花会总舵主	七省武林盟主	明教教主	否
是否主动承担	否	否	否	主动守襄阳
是否达成目标	否(反清失败)	是(闯王登基)	是(明教建国)	否(襄阳失守)
是否归隐	是	是	是	否
是否殉国	否	否	否	是

七个观察点中陈、袁有四点相同,陈、郭有一点相同,袁、郭有一点相

同，袁、张则全都相同。在"形象是否鲜明"这个观察点，陈、郭虽然看上去相同，但陈的鲜明以缺点为主，郭的鲜明以优点为主，似同实异。因此袁与郭的距离比陈确实要近一些。考虑到袁与张七个观察点全都相同，与其说袁是陈和郭之间的过渡，毋宁说袁是张的 1.0 版。另外，陈、袁、张三人两两之间至少有四个以上相同点，他们任意一人与郭之间的相同点都不超过一个，说明陈、袁、张三人是同一个类型的侠士，而郭属于另一个类型。

袁承志师兄弟三人，大师兄黄真武功最弱。别看他总是嬉皮笑脸，却是一位真侠客。这一点不仅归辛树远远不如，连袁承志也不及。衢州温家堡那场戏，是《碧血》最精彩的桥段。黄真与袁承志先后挑战五行阵和五行八卦阵，温仪向袁承志和青青口述夏雪宜的事迹。袁承志大获全胜后，黄真要求温家向百姓发放一千六百石粮食，作为温家平时横行乡里、鱼肉百姓的惩罚。这是真正劫富济贫、大快人心的侠义之举。

严格说来，《书剑》和《碧血》还只能算金庸的练笔之作。《书剑》中刻画较为成功的人物是霍青桐姐妹和余鱼同，总体还略显稚嫩。《碧血》中最成功的形象自然是夏雪宜，其次是何红药和温仪，比起《书剑》进了一步。真正体现金庸小说水平、特点、气度、格局的佳作以《射雕》为开端。如果说在塑造人物方面，《碧血》是《书剑》与《射雕》之间的过渡，应该是符合事实的。

诗曰：

博采众长有令名，偏偏难解女儿情。

只缘空负安邦志，无奈遂吟去国行。

天寿星混江龙李俊——周伯通

匹配度★★★★

《神雕》后期的周伯通已年近百岁，正应"天寿"的星名。李俊是"混江龙"，周伯通曾骑鲨遨游，水上功夫均很了得。

周伯通是第三次华山论剑的五绝之首。前两次是"打"出来的五绝，第三次是"论"出来的五绝。当时的周伯通武功略胜黄药师、一灯，却不见得能胜郭靖、杨过。以他居首的原因如黄药师所说："我黄老邪对'名'淡泊，一灯大师视'名'为虚幻，只有你，却是心中空空荡荡，本来便不存'名'之一念，可又比我们高出一筹了。"① 周伯通一生只喜欢两样东西：武功和玩耍。他丝毫不掩饰自己是个武痴："习练武功，滋味无穷。世人愚蠢得紧，有的爱读书做官，有的爱黄金美玉，更有的爱绝色美女，但这其中的乐趣，又怎及得上习武练功的万一。"②

周伯通武功之高，一度是天下第一人。他早年因武功不及黄药师，受困于桃花岛。十五年间自创七十二路空明拳和双手互搏绝技，又在传授郭靖《九阴真经》的过程中学会了经书中记载的神妙武功，离岛前黄药师便已甘拜下风。当时东邪、西毒、南帝、北丐不相伯仲，黄药师不及周伯通，当然意味着其他三位也不及。第二次华山论剑周伯通没有参加，按照他当时的功力，如果使出上述三大神功，其他高手均很难占得

---

① 见《神雕》第四十回。
② 见《射雕》第十六回。

便宜。

周伯通一辈子保持童心，什么事情都可以拿来玩耍。黄药师想看他手上的《九阴真经》，他不肯，黄药师便提出玩打石弹，以借阅经书与软猬甲做赌注，他就屁颠屁颠玩上了。他与洪七公、郭靖一起离开桃花岛时，拒绝乘坐黄药师安排的正常船只，一定要坐黄药师用来殉情的花船，因为花船漂亮，看上去很好玩。输掉与欧阳锋的赌局，他只能跳海，却在海中琢磨出了驯鲨之法，愣是把跳海的悲剧玩成了骑鲨遨游的玄幻剧。他跟着王重阳到南帝的皇宫玩耍，教瑛姑点穴之法，结果玩出来一个儿子。他为了让梁子翁、彭连虎、沙通天等人听命，把身上的污垢玩成了毒药，逼众人服下以供驱使。他向小龙女学习驱使玉蜂之法，居然用此法清理门户，玩死了全真派逆徒赵志敬。襄阳之战中，杨过将金轮法王从高台打落，他别出心裁地抱住法王，用身上的软猬甲刺给了他最后一击，把法王玩死了。

周伯通的童心有天真烂漫的一面，也有不负责任的一面。他与瑛姑给南帝戴了一顶绿帽子，南帝看在王重阳面上，欲撮合他与瑛姑，他居然弃瑛姑于不顾，一溜烟跑掉了。以后数十年间，他看见瑛姑和一灯，总是第一时间脚底抹油。洪七公被欧阳锋偷袭，重伤未愈，他负责洪七公的安全，结果老顽童去和灵智上人赌赛身子不动，差点把洪七公玩死。

诗曰：
昭阳殿里藕丝牵，鸳鸯锦帕镇相怜。
骑鲨海上三千里，游戏人间一百年。

天剑星立地太岁阮小二——独孤求败

匹配度★★★★

金庸小说中单以剑道而论,无人能出独孤求败之右,他自创的独孤九剑震烁古今,"天剑"之星名非其莫属。阮小二的兵器是玄铁霸王刀,独孤求败曾使用玄铁重剑。独孤求败的剑法由杨过、风清扬、令狐冲等人习得。玄铁重剑流传至后世,曾归杨过使用。郭靖、黄蓉眼见襄阳城将被攻破,于是聘请能工巧匠熔化了玄铁重剑,加入西方精金,铸成了屠龙刀和倚天剑。屠龙刀中藏有百胜兵法《武穆遗书》,倚天剑中藏有武功秘籍《九阴真经》。

《神雕》第二十六回描写独孤求败生平的文字,实际上是在谈剑道的不同境界,不由得联想起王国维的人生三境界。独孤求败在第一柄利剑上刻了:"凌厉刚猛,无坚不摧,弱冠前以之与河朔群雄争锋。"可见他在弱冠前便已立下宏愿,要凭剑术与天下英雄争一日之短长。王国维的第一境界是"昨夜西风凋碧树,独上高楼,望尽天涯路",说的便是通盘考虑之后确定自己的事业方向和人生目标。"高楼"取其高,"天涯路"取其远,大丈夫当志存高远。"独"乃独立思考和判断。"西风凋碧树",一派萧瑟气象,寓意不刻意追逐名利之喧嚣,而应遵从本心。

此后独孤求败经历了三十岁前使用的紫薇软剑,四十岁前横行天下的玄铁重剑,二十年间埋首剑道,勇猛精进。这两柄神兵利器,不论是寻访所得,还是亲自打造,都是相当费时费力之事。这便恰如王国维的第二境界"衣带渐宽终不悔,为伊消得人憔悴"。"伊"便是第一境界确定的方向和目标，"憔悴"足见奋斗之艰辛，"终不悔"即矢志不移。

独孤求败"四十岁后，不滞于物，草木竹石均可为剑。自此精修，渐进于无剑胜有剑之境"。其剑道提升至新的境界，已经不需要依靠神兵利器克敌制胜，唾手可得之物便有极大威力，最终到达无剑胜有剑的至高境界。此时的他只剩下"群雄束手，长剑空利，不亦悲夫"的慨叹。王国维的第三境界"众里寻他千百度。蓦然回首，那人却在，灯火阑珊处"。"他"便是心中苦苦追寻的至高境界，"那人"便是臻此境界后的自己，"灯火阑珊处"则道尽了高处不胜寒的寂寞和萧索。王国维与金庸，两位来自海宁的大师，一位谈人生，一位谈剑道，竟如此发人深省、若合符节。

独孤求败在剑冢上刻下了"剑魔独孤求败既无敌于天下，乃埋剑于斯"。"求败"应该不是其本名，很可能是晚年欲求一败而不得时自己改的。"独孤"应该是其本姓，那他便是鲜卑族人。少数民族乃至外国的绝顶高手在金庸小说中并不罕见：《书剑》中阿凡提是回人、独孤求败和慕容博是鲜卑人、欧阳锋和玄冥二老是西域人（民族不详）、紫衫龙王黛绮丝是波斯人、萧远山和萧峰是契丹人、鸠摩智是吐蕃人、段誉是白族人。

诗曰：
弱冠河朔与争雄，重剑无锋亦不工。
无剑谁知超有剑，武林千载仰英风。

天平星船火儿张横——任我行

匹配度★★★★

张横名号关键词	任我行生平
天平	任我行一死，武林太平
火	脾气火暴
张	嚣张跋扈
横	横行天下

  任我行这姓名本身就霸气十足，令人过目难忘。"任我行"的潜台词不是海阔凭鱼跃、天高任鸟飞的逍遥游，而是我说行就行、我说不行就不行的独断专行。他无疑是一个非常厉害的人物，武功极高，心机极深，很有自知之明和知人之明。他的自我评价是"武功既高，心思又是机敏无比"[①]。认为东方不败强于自己，并把他列为最佩服的人。评价方证"精研易筋经，内功已臻化境，但心地慈祥，为人谦退"。评价风清扬"剑术通神"，比自己高明得多。评价冲虚剑法独到，但未必胜得过自己，洁身自爱，不会教徒弟。评价左冷禅"武功了得，心计也深"，"想合并五岳剑派，要与少林、武当鼎足而三，才高志大，也算了不起"，"鬼鬼祟祟，安排下种种阴谋诡计，不是英雄豪杰的行径"。评价岳不群是伪君子，宁中则慷慨豪迈，以及对梅庄四友武功的判断等等，三言两语，都非常精准到位。

---

  ① 本节引文均见《笑傲》第二十七回。

任我行心机之深，淋漓尽致地展现在他与东方不败的博弈之中。此二人皆乃绝代枭雄，武功智谋在伯仲之间。日月神教同时拥有此二人，那么能令名门正派闻风丧胆也在情理之中。他对东方不败的态度经历了欣赏→信任→重用→疑忌→下套的过程，东方不败担任光明左使后，利用他专注于修炼吸星大法的时期，逐步剪除异己。他自然心知肚明，便不动声色将《葵花宝典》赠予东方不败，希望其练习宝典上的绝世武功而身受其害。嗣后他练功走火入魔，东方不败乘机举事，夺得教主之位。东方不败并不知道修炼宝典上的武功会有严重后果，反而感念任我行赠书，仅将其关押在地牢里了事，还赋予任盈盈偌大权势。后来任我行在向问天、令狐冲协助下成功脱困，并潜上黑木崖合力杀死东方不败，夺回教主之位。以东方不败之精明强干和绝世武功，能行此事者也就只有任我行了。

任我行野心极大，二度登位后，教内已无人能威胁其地位。他意欲消灭少林派、武当派、五岳剑派等，真正成为"千秋万载，一统江湖"的圣教主。只是计划赶不上变化，他满拟安排令狐冲担任副教主，可令狐冲只想当他的女婿；他准备大举进犯恒山，自己却一命呜呼了。《笑傲》中的野心家大都没有好下场，东方不败、左冷禅、岳不群均死于非命，林平之成为被终身囚禁的废人。与他们相比，任我行算是善终了。他企图兼并其他门派时，主要使用明枪，较少暗箭伤人，尚不失为光明磊落的行径。因此，在野心家中，他没那么阴险，也没那么令人讨厌。他是唯一拥有《葵花宝典》却不习练的人，原因是知道宝典上的武功于习练者有巨大危害，这一点也说明他的见识在诸人之上。

诗曰：
行与不行任我行，知己兼同知彼明。
空怀一统江湖梦，猝然身死若为情。

天罪星短命二郎阮小五——丁典

匹配度★★★★

丁典在牢里七年，每月十五都要被拖出去挨受毒打的活罪，故以"天罪星"属之。他年纪轻轻，便中毒而死，自然是短命。

丁典是《连城》的男二号，个性比男主更鲜明。他爱起来惊天动地，恨起来咬牙切齿。他和凌霜华的故事是金庸笔下最感人的爱情故事，也是中外小说中最感人的爱情故事之一。他俩的故事比起杨过和小龙女的故事毫不逊色，曲折丰富容或不及，凄美决绝犹有过之。他和杨过都是情侠的典型。

丁、凌二人身份悬殊。丁乃江湖草莽，凌是知府千金。两人偶然相识于汉口的菊花会，便因菊花而结缘。丁典对雅致清丽的凌霜华一见倾情，霜华也同样深挚地回报了这份感情。在六个多月时间里，两人没有说过一句话。丁典每天早上都到霜华的窗槛下赏花，霜华则每天换一盆鲜花。霜华每天看丁典一眼，绝不看第二眼，然后便害羞地隐到窗帘后。后来凌退思转任荆州，丁、凌二人终于说上话了，接下来大半年无话不谈。直到凌退思知道了二人的关系，并得知连城诀和《神照经》由丁典掌握，便下毒放倒了丁典。

此后每月十五凌退思都要把丁典拖出去拷打一番，逼问经书剑诀的下落。凭丁典的武功，越狱易如反掌，他为了看到霜华窗槛上的鲜花，坚持度过了七年的牢狱生涯。在此期间，凌退思要霜华起誓，他不杀丁典，霜华也不能再见丁典。凌退思要将霜华许配他人，霜华誓死不从，用刀划花了自己的俏脸,不久便被凌退思害死,遗愿是一定要与丁典合葬。丁典发现连续五天窗槛的花都没换,越狱入凌府查看,方知霜华已死,丁典抚棺痛哭。凌退思早料到丁典会来,在霜华的棺木上涂了剧毒,要挟丁典交出经书剑诀以换取解药。丁典在狄云帮助下逃了出来,把自己的经历告诉了狄云,请狄云务必将自己和霜华合葬。丁典临死前告诉狄云,既然霜华已死,别说他中的毒无解,即便治得好,他也不治。

丁典是真正的侠士。丁典救助梅念笙,出手之时可不知道他是梅念笙,更不知道梅念笙会把《神照经》和连城诀传给自己。梅念笙是金庸小说中最失败的师傅,仅有的三个徒弟联手取了其性命。之后,丁典出手救下自缢的狄云,并把《神照经》和连城诀传给他。经书剑诀由梅念笙传给丁典,再由丁典传给狄云,丁典是整个小说的枢纽人物。

《连城》是金庸版的《罪与罚》,全书出场的数百人中,算得上正面人物的不到十人。书中围绕谋夺经书剑诀,淋漓尽致地展现人性之恶:徒弟弑师、师杀徒弟、父亲害死女儿、同门相残等等轮番上演。丁典和凌霜华几乎是阴谋倾轧、尔虞我诈的大背景下唯一的亮色。

诗曰:
眼中有菊即神仙,荆府江城着意怜。
举刀刺破如花脸,换得与郎同穴眠![1]

---

[1] 此诗兼咏丁典与凌霜华,不忍令两人分离也。

天损星浪里白条张顺——黄蓉

匹配度★★★★★

相似点	张顺	黄蓉
肤色白	一身白肉	肌肤胜雪
水边长大	浔阳江	桃花岛
精熟水性	浪里白条、梁山水军头领	水性极佳
活捉重要人物	高俅、黄文炳	欧阳锋、欧阳克
死于战场	涌金门	襄阳城

黄蓉出生后，其母便因难产而死，故以"天损星"属之。黄蓉从《射雕》中的青春少女一直到《神雕》中的中年妇人，又在《倚天》中交代其晚年结局，是金庸着墨最多的女性角色，亦是金庸笔下最具人气、最负盛名的女主。从女性角色而言，着墨第二多的小龙女篇幅尚不及黄蓉一半。把所有人物都算进去，黄蓉的篇幅也仅次于韦小宝、郭靖、杨过三大男主，与令狐冲不相上下。金庸对黄蓉的重视和偏爱可见一斑。

黄蓉集天地灵气于一身，完美继承了父母的优秀基因。她艳绝天下、冰雪聪明、玲珑剔透、文武双全、有胆有识、多才多艺、博古通今。她与郭靖一生相恋、患难与共五十余年，夫妻二人共同保家卫国，鞠躬尽瘁，死而后已，是女性中的侠之大者。黄蓉身上的优点太多了，只好精选几样特别突出的呈现如下。

黄蓉的美貌被很多人低估了。且看她以女装出场时的文字："一身装束犹如仙女一般。""方当韶龄,不过十五六岁年纪,肌肤胜雪,娇美无匹,容色绝丽,不可逼视。"[①] 朱聪和欧阳克都认为她是生平未见的绝色。欧阳克自负下陈姬妾全是天下佳丽,就是大金、大宋两国皇帝的后宫也未必能比得上,但比之黄蓉竟如粪土,加起来也不及她一半美貌,而此时的她尚未到女子容颜最盛的年龄。瑛姑是大理国皇妃,自然美貌过人,却认为自己容颜最盛之时,也远不及她美貌。

智计过人是黄蓉的第一大标签,她是金庸笔下智谋第一人,因此被周伯通推举为五绝之首。戏弄侯通海和黄河四鬼、用美食诱使洪七公教郭靖掌法、用巨石压断欧阳克双腿再解救之、让郭靖假扮一灯硬接瑛姑一匕首、哄骗杨过服下断肠草救其性命、用子虚乌有的南海神尼消除杨过的死志等只能算是牛刀小试。在岳州丐帮大会揭穿杨康的阴谋、在铁枪庙揭破欧阳锋与杨康的阴谋并推导出两人在桃花岛杀害江南五怪同时嫁祸黄药师的经过、在蒙古西征大营中暗助郭靖三次生擒欧阳锋、献计郭靖大破撒马尔罕、二次华山论剑用计使欧阳锋与自己的影子相斗、武林大会用计打败金轮法王、又用诸葛亮八阵图困住法王、装疯从发狂的慈恩手中救下郭襄并被一灯誉为"女中诸葛"等,方显黄蓉的无双智谋和胆识。

黄蓉还是金庸笔下的厨艺第一人,烧制过的有名目的菜肴便有近三十种,其手艺与巧思每每令人拍案叫绝。洪七公如果年轻三十岁,非和郭靖争夺她不可。她与郭靖成婚之后,事事配合迁就郭靖,除了自身练武习文,还要处理帮务、助守襄阳、生儿育女、伴夫课徒等等。总之,黄蓉可以满足男人对恋人和伴侣的所有想象。

诗曰:
黄家有女将成人,九天灵气集于身。
奇谋秘计兼胆识,女中诸葛已封神。

---

① 见《射雕》第八回。

天败星活阎罗阮小七——东方不败

匹配度★★★★

东方不败的名字便与阮小七的星名自然契合，而且他名副其实，确实保持不败。从书中武林人物谈之色变的震慑力来看，"活阎罗"这个绰号也很适合东方不败。两人都曾有令人意外的打扮：阮小七穿龙袍，东方不败穿女装。

东方不败到《笑傲》第三十一回才出场，且很快被杀，整个过程大概就一顿饭的工夫。从第四回令狐冲提及此人开始，不断地为他造势，吊足了读者的胃口。最终八个人在他的"闺房"内上演了一场兔起鹘落、惊心动魄、奇谲诡异、匪夷所思的大戏。这场戏落幕后，他便深深刻在每一位读者的脑海里，久久挥之不去。如此短的出场时间和篇幅，却能有如此巨大的影响力，不得不说金庸是塑造人物形象的大师。

东方不败出身贫寒，他最终登上日月神教教主的高位，成为天下第一高手，主要是自身努力的结果。如果说有贵人相助，那最大的贵人便是他最大的敌人任我行。他在日月神教中一人之下万人之上的地位，来自任我行的赏识。他能成为天下第一高手，来自任我行赠予《葵花宝典》。对于东方不败来说，成也任我行，败也任我行。

东方不败自宫后生理机能与心理状态发生变化，自身的性别认同也出现了问题。他杀掉自己的七个小妾，迷恋上杨莲亭这样的粗豪汉子。他在自己的"闺房"内还随身携带《葵花宝典》，可见练功并未落下。他的遗言是哀求任我行不杀杨莲亭，以他的身份和武功，如此低声下气地哀求自己的敌人，可见与杨莲亭的畸形关系已成为他生命的全部意义。以他晚年的武功，若要叱咤江湖，建立不世功业，实是易如反掌。可是他对此已经不感兴趣了，他只想做杨莲亭忠顺的"侍妾"，顺便在等待杨莲亭回家的空闲时间里绣绣花、练练功。他已完全由争权夺利的武林枭雄蜕变为两耳不闻窗外事的"家庭主妇"。

"闺房"大战中，任我行、令狐冲、向问天、上官云四大高手合力对付东方不败，仍然毫无胜算。任盈盈见势不妙，便去袭击杨莲亭。他关心杨莲亭远胜过自己，后背门户大开，被任我行和令狐冲双剑穿胸。他不是败于技不如人，而是败于一个"情"字。尽管这份感情畸形诡异，但也应该得到尊重。

抛开东方不败与杨莲亭的畸恋，当时日月神教的权力架构与中国王朝时代的权臣或宦官专权没什么不同。万历皇帝曾经二十余年不理朝政，明朝的国家机器也照样在运转。只是东方不败把这种"不理朝政"和放任专权推到了极致，日月神教如何，他的部下如何，他已漠不关心。他只关心一件事，那就是杨莲亭的感受。童百熊于他有大恩，于日月神教有大功，就因为得罪了杨莲亭，他也毫不犹豫地将其击毙。教主做到这个份上，确实该换人了。

出场后的东方不败，与造势阶段相比，除了武功没让人失望，其他都令人大感意外、大失所望。加上他武功高得出奇、身法快如鬼魅、兵器微小诡异，皆为读者所想象不到。巨大的反差造就了这个人物格外强烈的冲击力。

诗曰：

已惯绣花过四时，于今更有女儿思。

并世群豪皆束手，安能辨我是雄雌？

天牢星病关索杨雄——苗人凤

匹配度★★★★★

相似点	杨雄	苗人凤
名门之后	绰号中之关索乃关羽之后	闯王大护卫苗家之后人
面色	淡黄面皮	面皮蜡黄
病	绰号带病字	满脸病容
使刀	使朴刀	会使胡家刀法
妻子出轨	潘巧云出轨裴如海	南兰出轨田归农

以"天牢星"属苗人凤，有以下几点理由：其一，赛总管定下"天牢设笼"①之计，谋夺苗人凤掌握的藏宝图。其二，"天牢设笼"之计虽未成，赛总管借助范帮主的"龙爪擒拿手"，确实擒住了苗人凤。其三，苗人凤心中一直存有牢笼，他认为自己的爱人不如胡夫人，自己不如胡一刀幸福。

苗人凤有两个绰号：一个是金面佛，"金面"指其面色；"佛"指其心肠软。他在《飞狐》中第一次出场是追上私奔的南兰和田归农，凭他的武功，杀田归农易如反掌，他也有充足的理由杀掉给他戴绿帽的人，但是他放走了田归农。另一个是打遍天下无敌手，目的是诱胡一刀献身，以了结数代之恩怨。虽然这个绰号太过目中无人，但也确实没什么人定能胜过他。

苗人凤与南兰的故事以"英雄救美"的熟悉配方开头，但过程和结

---

① 见《雪山》第九回。

局一点都不美。首先是性格不合。他木讷粗豪、拙于言辞、不会哄女人开心；南兰是官家小姐，看重风花雪月和甜言蜜语。他只有谈及胡一刀夫妇时才会打开话匣子，但他对胡夫人的赞美往往会刺痛南兰的自尊心。其次是缺少共同话题。他是江湖豪杰，南兰讨厌江湖上的打打杀杀。不像丁典和凌霜华，虽然也是江湖豪杰配官家小姐，有菊花这个共同话题，两颗心的距离一下子就拉近了。

苗人凤豪气干云，胆力过人，令人心折。他与胡一刀惺惺相惜，化世仇为挚友，并非这方面的孤例。他赏识胡斐，虽然不明其来历，却毫不犹豫叫他帮自己挡住敌人，甚至把宝贝女儿交给他抱。程灵素治疗苗人凤的眼睛，胡斐见她拿了刀针走到他身前，忽然有些不放心，程灵素说道："苗大侠放心，你却不放心吗？"[①] 说明他的胆力胸襟犹在胡斐之上。此外，苗人凤武功有余，机敏不足。救南兰那次腿上中了绝门毒针，拆信那次眼睛因中毒而暂时失明，被赛总管算计那次失手于范帮主，这三次都有性命之忧。

苗人凤与胡一刀堪称当世武林的绝代双骄。在五日夜的大战中，两人功力悉敌、倾盖如故、互授绝学、互托后事，越斗越觉得对方乃平生第一知己。胡氏夫妇相继去世，苗人凤却陷入长久的思念和缅怀。这是金庸笔下最荡气回肠的二人比武。苗人凤合葬了胡氏夫妇，这座坟墓成了他心中最神圣的地方。他和南兰定情后，把她带到这里，述说当年的大战，并把绝世神兵"冷月宝刀"埋在这里。他肯定想不到，二十年后南兰和冷月宝刀在这里救了胡氏夫妇的独子胡斐，而胡斐会把另一个人埋在这里……

诗曰：
路见不平气似虹，红颜无奈别匆匆。
大言天下无敌手，难忘世间有英雄。

[①] 见《飞狐》第十一章。

天慧星拼命三郎石秀——殷天正

匹配度★★★★

殷天正于明教内部纷争之际，另创天鹰教；又于明教上下归心之际，将天鹰教并入明教。他擅于审时度势，是为大智慧，故以"天慧星"属之。他在两次事关明教存亡和名声的大战中拼尽全力，契合石秀"拼命三郎"的绰号。最终两人都死于激烈的战斗。

殷天正第一次出场在六大派围攻光明顶的紧要关头。他早已自立门户，另创天鹰教，江湖上人人皆知。他完全可以保存实力，置身事外，静观其变。但他谨记自己明教护教法王的身份，誓与明教共存亡。当时光明顶上杨逍、韦一笑等高手中了成昆的幻阴指，个个动弹不得，仅剩殷天正一人独抗六大派高手。殷天正前三阵连败华山、少林三名高手，第四阵与张松溪比拼内力，赢了半招。第五阵与莫声谷比拼剑法，虽然输了一招，但手下留情，没有重伤莫声谷。第六阵与宋远桥比试拳法，平局收场。第七阵以鹰爪擒拿手折断崆峒派唐文亮的四肢。七场斗罢，殷天正已经内力耗尽，无法正常行动，端的是忠心可鉴。后来空闻方丈评价殷天正"当年自创天鹰教，独力与六大门派相抗衡，真是了不起的英雄好汉"[①]。

当年明教教主阳顶天失踪后，殷天正离开了光明顶，自创天鹰教。谢逊苦苦相劝，但他坚执不听，导致哥俩翻脸。天鹰教在王盘山岛扬刀

[①] 见《倚天》第三十六回。

立威，谢逊特意赶去踢场子，一来冲着屠龙宝刀，二来也为了出一口当年的恶气，存心要让他下不了台。张无忌接任明教教主后，他对明教和天鹰教教众宣布即刻将天鹰教并入明教，并声言："打从今日起，只有张教主，哪个再叫我一声'殷教主'，便是犯上叛逆。"[①] 他亲手终结了苦心经营二十多年的天鹰教，没有任何犹豫，没提任何条件，襟怀坦荡，干脆利落。此后他以外公之尊亲、元老之资历忠心耿耿地服从张无忌的领导。

在屠狮英雄会召开前夕，殷天正随同张无忌上少林寺，自告奋勇同张无忌、杨逍挑战少林三渡。他在光明顶独斗六大派群豪时真元已受了大损，此番为了与谢逊的兄弟情谊苦苦支撑，耗竭全部力气，最后油尽灯枯，溘然长逝。谢逊早年踢了天鹰教的场子并夺走屠龙刀，他却为营救谢逊而牺牲，殷天正的胸襟气量可见一斑。只要是义所当为之事，他向来挺身而出，赵敏大举围攻武当派时，他就曾替张三丰出头。

"天正"者，天地有正气也。殷天正正气凛然、慷慨重义、顾全大局、死而后已。他在明教四大法王中年龄最长、成名最久，其他三法王都尊其为兄。他的人品在明教众高手中最为光明正大，比起很多所谓的正派人士也要强得多。

诗曰：
六派高人奈我何，神威凛凛眉尽皤。
狮王被困不辞死，明教鹰王正气多。

---

① 见《倚天》第二十二回。

天暴星两头蛇解珍——欧阳锋

匹配度★★★★

欧阳锋生性残暴，故以"天暴星"属之。他的兵器是鬼头灵蛇杖，且杖端有毒蛇，更兼心如蛇蝎，与解珍的绰号非常契合。欧阳锋是《射雕》中的头号反派，也是历次五绝中郭靖、杨过之外着墨最多的人物。

欧阳锋阴狠毒辣，人品卑劣，作恶多端。绰号"西毒"不仅因其毒物，更在于其蛇蝎心肠。五绝中的高手，除了义子杨过，其他人都难逃被其伤害或算计。他在王重阳生前不敢对全真教下手，就在王重阳逝世后上门抢夺《九阴真经》，至于王重阳假死重创他，只能说明王重阳的武功智谋全面碾压他。他颇为忌惮聪明绝顶的黄药师，但如果有合适的时机，他也不会放过。江南六怪在桃花岛做客，他伙同杨康杀掉五怪并嫁祸黄药师。黄药师与全真七子拼斗正酣，他便从后面偷袭。洪七公嫉恶如仇，是他一生之敌，多次被其加害。最无耻的一次是洪七公在海上对他施以援手，他竟用蛇毒和蛤蟆功顷刻间两度重创洪七公，暂时废了其武功。南帝的一阳指本是蛤蟆功的克星，他不敢轻举妄动，每每试图通过间接方式耗费其功力，如打伤武三通、画《割肉喂鹰图》等。周伯通早年就曾被他打成重伤，后来他又以打赌的由头逼迫周伯通默写《九阴真经》。他与郭靖乃死对头，先是逼迫其默写《九阴真经》，后又与杨康一起重伤郭靖。

欧阳锋逆练《九阴真经》，将所有经脉颠倒移位，练成一种新的厉害武功，越练越怪，越怪越强。从而在第二次华山论剑中连胜黄药师、洪七公和郭靖，似乎夺得了天下第一。但却被黄蓉用计逼疯，跟自己的影子打斗，狼狈离开华山。其实这次论剑一灯和周伯通没有参与，是不完整的。一灯的武功本就与他相克，周伯通经过桃花岛上十五年的修炼与自创，早已今非昔比。此二人若参与论剑，他不见得能讨得便宜，大概率会是周伯通最强。

欧阳锋与周伯通都是武痴，不同的是周伯通不追逐名利，而欧阳锋为了"武功天下第一"的称号可以不择手段。以上他伤害算计那些高手的劣行绝大多数都是为了减少或削弱自己的直接竞争对手。他与洪七公在华山经过五天实战和数日论战后相拥而逝，杨过将二人埋在邻近之处。三次论剑前众高手都到洪七公墓前叩拜，欧阳锋墓前只有杨过和小龙女，可见公道自在人心。

双雕时间跨度长，人物关系紧密，出现了很多代际传承的有趣现象。以新老五绝为例，中顽童是中神通的师弟，北侠是北丐的徒弟，前半生南帝后半生南僧，最有意思的是西狂和西毒。西狂的父亲杀了西毒的私生子，西狂自己却成了西毒的义子。由于《神雕》中的西毒一直神志不清，这对义父子并不清楚《射雕》时期他们的血亲之间的纠葛。

诗曰：

无须笑我太疯癫，名位从来看不穿。

恩将仇报寻常事，作恶多端未有悛。

天哭星双尾蝎解宝——程灵素

匹配度★★★★★

解宝名号关键词	程灵素生平情况
哭	其故事让人潸然泪下（两个角色都死得壮烈）
双	施毒与解毒双管齐下
蝎	擅长施毒
解	擅长解毒
宝	本门至宝《药王神篇》传给了程灵素

程灵素是《飞狐》的一号女主。很多改编自《飞狐》的影视作品都将袁紫衣定为女一号，这不符合原著的实际。理由有三：第一，原著对程灵素的着墨大致比袁紫衣多三分之一。第二，程灵素的角色塑造比袁紫衣出彩得多。第三，程灵素对胡斐的感情比袁紫衣深得多。在程灵素心中，胡斐排第一；在袁紫衣心中，尼姑的身份和师尊的嘱咐最重要，胡斐最多排第三。

程灵素是真侠士，就像胡斐为钟阿四一家报仇一样，程灵素为王铁匠雪恨。她不仅得到了毒手药王的全部真传，还培育出了毒药之王"七心海棠"。她在施毒的同时，都会备好解毒之法，生前从未杀过一人。直到她死后，师门败类慕容景岳和薛鹊才在她临死前的精心安排下身亡。无嗔还好有程灵素这个关门弟子，否则"史上最失败师尊"这个尴尬称号很可能就不由梅念笙独享了。她还心怀坦荡，在她和苗人凤初次见面所展现的相互信任中，胡斐似乎反而成了局外人。

程灵素更愿意用学到的本领为人解毒疗伤，极具医者仁心。她宽恕作恶的师兄师姐，救治违背门规的姜小铁，为苗人凤治眼睛，替姬晓峰疗伤。直至性命将休，她才出手布局，假手于一段蜡烛，在她死后替师父清理了门户——即便是这时，她也给了那三个蛇蝎一般的人最后一个机会：如果他们不那么急切地要夺走《药王神篇》而连夜赶来，他们是不用点上那致命的七心海棠蜡烛的。她主动结束自己的生命，为了给胡斐解毒……

程灵素心思细密，料敌机先，事事算无遗策，一石二鸟乃至三鸟都是常规操作，与黄蓉相比也毫不逊色。她出场的当天夜里，和胡斐一起去姜铁山一家三口的住处，既救了姜小铁，又让王铁匠出气，还顺便助姜氏夫妇退敌。赴死之前布的连环局，更是将这一点体现到了极致：一来救活胡斐；二来清理门户；三来告诉胡斐，石万嗔很可能是害死胡一刀的真正凶手，让胡斐心存复仇之念，以防胡斐感念她的情意而自绝；四来毒瞎石万嗔，为胡斐日后替父报仇扫清障碍。三国故事中有"死诸葛走生仲达"的佳话，比起程灵素的这波操作也不免逊色吧。

金庸笔下的一些女主刻意匹配某种花朵，其中最明显的有四位：黄蓉花如其名，自然是芙蓉；小龙女有《无俗念》词咏叹，自然是梨花；凌霜华人淡如菊，自然是菊花；程灵素培育出了七心海棠，此花既是天下第一毒物，花粉又是解毒灵药，简直就是程灵素的化身。海棠花又称断肠花，象征爱情时的寓意不完美，表示爱着别人，但最终不会有结果。海棠的花信风在春分时节，所以书中写程灵素"一笑之下，神采焕发，犹如春花初绽"[①]。

诗曰：
相见时难别亦难，东风无力海棠残。
春蚕到死丝方尽，蜡炬成灰泪始干。

---

① 见《飞狐》第十一章。

天巧星浪子燕青——夏雪宜

匹配度★★★★★

夏热，雪冷，本来是两个极端。但是，热情与冷酷，温柔与残暴，正气与邪念，这些看上去分属两个极端的性格却很适宜地结合在一个人身上，他就是《碧血》中没有出场的男主——金蛇郎君夏雪宜。他心思精巧，对自己埋骨之处的安排简直是奇技淫巧；他本就是江湖浪子，对何红药始乱终弃的行为堪称无行浪子。因此他和燕青的星名绰号都高度契合。两人都很英俊，还都有红颜知己：燕青有李师师，夏雪宜有温仪。

夏雪宜是一个为复仇而生的人。他的一切活动都由此展开，他与何红药、温仪的情孽纠缠都是复仇行动的衍生品。他小时候父母兄姐五口被温方禄所杀，其中姐姐被先奸后杀。他侥幸逃出生天，开始了复仇人生。由于自己孤身一人，对方人多势众，他除了勤练武功，学习使用蛇毒、机关暗器，还致力寻找神兵利器。他到五毒教偷盗蛇毒，巧遇何红药，便博其好感。何红药领他到五毒教重地偷金蛇剑，他连金蛇锥和藏宝图一并顺走，何红药为此身受万蛇咬啮之刑。他实施复仇计划的第一步就是将温方禄大卸八块送到温府，并随附一封信，写明大仇十倍奉还：杀温家五十口，污温家十女。温家虽全力防范，仍然被他陆续杀掉四十口。

夏雪宜到温家掳走温仪，彼此间却互生情愫，打算私奔。温家人假意赞同二人的婚事，却向他下了迷药，之后挑断他的手筋脚筋，逼着他取图寻宝。温仪要抚养二人的女儿，无奈留在温家。他骗温家的人去华山，想让穆人清出手相救，途中遇上何红药，被何解救。何发现他另结新欢，对他大加折辱，并逼问温仪的下落，他坚不吐实，并大赞温仪温柔美丽，胜何千百倍。他武功全失，无法抵挡冤家对头，便在华山的一个山洞中自杀，留下遗愿：希望有缘人寻访温仪。后其埋骨之处被少年袁承志偶然发现，袁承志承其衣钵，成为穆人清、木桑道人和夏雪宜三大高手的共同传人。袁承志出师下山后完成他的遗愿，找到了温仪，最终做了夏、温二人的女婿。

夏雪宜是口述人物，其生平主要由温仪与何红药口述。温、何二人正好折射出夏雪宜的正邪两面。一方面，他对温仪一往情深，百般呵护，有始有终，并为她终止了疯狂过激的复仇行动，妥妥的极品好男人。另一方面，他从头到尾都在利用何红药，逢场作戏，过河拆桥，始乱终弃，彻头彻尾的渣男。他把温方禄大卸八块，报得灭门大仇，大快人心。但之后又杀了三十九人，着实也是令人发指的罪行。

夏雪宜是金庸笔下第一个亦正亦邪的角色，也是前所未有的成功角色，具有开创性意义。此后这类人物层出不穷：黄药师、谢逊、杨逍、范遥、韦一笑、殷素素、赵敏、田伯光、向问天等，实在是金庸人物画廊中非常出彩的一个系列。

诗曰：
灭门之恨心若焚，以十报一从未闻。
一自踰墙搂处子，何妨结阵困郎君。

【地煞星】

地魁星神机军师朱武——陈近南

匹配度★★★★★

陈近南在明郑集团诸人中，武功、才识、德行均为第一，本身又是天地会总舵主，故以"地魁星"属之。他为郑成功献策攻台，克成大功，军中都称他为"军师"，还被郑成功称为"当世卧龙"，自然当得起"神机军师"的绰号。只是他乃明郑集团军师，非为中央政权服务。正如朱武主要为卢俊义出谋划策，并非宋江的军师。难得的是他既受明郑集团重用，又得江湖豪杰重视，甚至有"平生不识陈近南，就称英雄也枉然"的说法。庙堂、江湖双线开花，这在金庸小说中似乎只有陈近南和他的得意门生韦小宝了。

陈近南初次登场，可真是先声夺人。顾炎武、黄宗羲、吕留良三位大儒议论机密之事，被鳌拜手下窃听，眼见大祸临头，幸得他出手，顷刻间将五位军官全部击毙。此后施展"凝血神抓"令李西华这样的高手受损而不知，空手夺下归二娘的单刀，都显示其武艺过人。他和冯锡范、刘国轩并称"台湾三虎"，康熙认为他"比另外两只老虎更厉害得多"[①]。

第二次登场便显示天地会群雄在陈近南的领导下，比起梁山好汉更加重义守信。众所周知，晁盖临死前的遗愿是：活捉史文恭者为梁山之主。明眼人一看便知晁盖不愿让宋江继位：宋江手无缚鸡之力，绝不可

---

① 见《鹿鼎》第二十八回。

能活捉武功卓绝的史文恭。宋江是玩弄权术的高手，便使用卑劣的手段把卢俊义赚上山，并安排史文恭被卢俊义所擒。然后假意遵从晁盖遗愿，请卢俊义当老大。卢俊义初来乍到，毫无根基，而梁山好汉大多是宋江的亲信或故交。你推我让的结果自然是宋江上位，晁盖的遗愿就此落空。天地会青木堂尹香主被鳌拜所害，众兄弟立誓报仇，并一致同意杀掉鳌拜者继任香主。后来机缘巧合之下鳌拜被十三四岁的会外人士韦小宝所杀，青木堂内部为继任者吵得不可开交。陈近南权衡利弊之后当机立断，让韦小宝入会并成为他的徒弟，然后依照众兄弟的誓言，由韦小宝继任香主，众人无不心服。

陈家洛是红花会总舵主，陈近南是天地会总舵主，他俩分别是金庸最早和最晚的小说中反清复明的大首领。作为政治领袖来说，后者当然比前者成熟高明得多：陈家洛的两大致命缺陷在陈近南身上都不存在。天地会最终不能成事，因为时运已经不在朱明这边了。

诗曰：

江湖潮起庙堂休，当世卧龙空善谋。

时来天地皆同力，运去英雄不自由。

地煞星镇三山黄信——黄裳

匹配度★★★★★

黄裳所著《九阴真经》掀起旷日持久的江湖纷争,为此丧命者不计其数,郭靖说此书是"天下第一害人的东西"[①],故以"地煞星"属之。黄裳曾担任福州知州,负责刊刻道藏。福州的古称便是"三山","三山"又是道教传说中的三座仙山。故而他与黄信的绰号乃是极为难得的双重契合。此外,两人同姓,同是北宋末年人。

黄裳是口述人物,其事迹由周伯通口述。他原是一名文官,因刊刻道藏的机缘,得以精通道学,更因此悟得了武功中的高深道理。他无师自通,修习内功外功,竟成为武林大高手。此时波斯明教传入中土,宋徽宗因只信奉道教,便命他派兵剿灭明教。他杀伤对方高手甚多,最终寡不敌众,受伤逃走了。他穷四十多年光阴,苦苦思索破解那数十名高手的武功招数,全都想通后发现对方已经基本死光了。他觉得这番心血绝不可就此湮没,遂将毕生所学著成《九阴真经》上下卷,并将经书藏于一处极秘密的所在,经书过数十年后才重见天日。

《九阴真经》上卷为内功心法,下卷为套路招式。它是射雕三部曲中至高无上的武学总纲,也是金庸武林最负盛名的秘籍之一,还是金庸武林中修习者最多的秘籍,且修习者多为绝顶高手。历代修习者大致有:黄裳、王重阳、陈玄风、梅超风、周伯通、郭靖、洪七公、一灯、

---

① 见《射雕》第十六回。

黄药师、欧阳锋、黄蓉、杨过、小龙女、周芷若、宋青书、黄衫女等。这份名单涵盖了历次的五绝和三部曲中的三位女主。

其中几位较有特色：第一，王重阳是后世第一位"合法"拥有者。在《射雕》中提及王重阳并未练习。但在《神雕》中，王重阳为破解林朝英所创的"玉女心经"，曾翻阅该书并思索其内的武功，最终想出破解之法，将部分篇目刻于活死人墓中。第二，郭靖是后世练习该书最全的人，也是唯一能背诵全本的人。第三，欧阳锋是最渴求该书的人，也是唯一逆练真经的人。第四，周伯通是唯一不想学其中的武功，却无意中学会的人。第五，冯蘅是唯一会背诵该书下卷却丝毫不会武功的人。

赞曰：

允武允文地煞星，穷思卅载著真经。

血雨腥风十余纪，世间能有几人醒？

地勇星病尉迟孙立——海大富

匹配度★★★★

海大富尊奉顺治帝的命令，孤身一人在皇宫中调查董鄂妃母子的死因，即使瞎眼重病也毫不退缩，真称得上是视死如归的孤勇者，故以"地勇星"属之。他面色蜡黄，孙立是淡黄面皮。他弓腰曲背，不住咳嗽，似是身患重病，其实是练功急于求成而弄坏了身体。

顺治帝出家后，海大富只为其命令而活着，的确忠心耿耿。他苦心孤诣，为了查明真相，诸事隐忍，排除万难，不放过任何蛛丝马迹。他早就知道是韦小宝弄瞎了他的眼睛，也早就听出韦小宝的扬州口音与小桂子的福建口音大不相同，明知韦小宝冒充小桂子在他身边而不揭破。他通过董鄂妃母子、贞妃和孝康皇后死后的身体状态，判断四人死于蛇岛的"化骨绵掌"。他早就知道与韦小宝比武的"小玄子"是康熙，试图通过康熙的武功路数了解传授者的武学背景。他判断传授康熙武功之人可能与四人之死有关，预感日后难免有一场大战，便故意以少林派武功传授韦小宝，隐藏自己崆峒派的身份。他为了在武功上压过凶手，不惜修炼于身体有害的武功，服用于身体有害的药物。当他经过暗中查访和缜密推理，锁定凶手为太后（其实是假太后），便图穷匕见，主动找上门去，要为董鄂妃等报仇。最终还是吃亏在眼睛，白白送了人头。虽然他心机深沉细腻，毕竟百密一疏，忽略了一个关键细节：太后这样的身份地位，怎么可能去修炼"化骨绵掌"这种阴狠毒辣的邪门武功？决斗中他一度大占上风，至少应该问一问的。

海大富对于韦小宝来说，极有锻炼价值，助其提高了生存本领。韦小宝初入皇宫，便从海大富身负的使命中感受到宫闱的阴暗、残忍和血腥。韦小宝通过海大富死去当晚的对话，偷听到了两大宫闱绝密。一是董鄂妃等四人被太后所杀。这必然引发韦小宝的戒备心，对于他躲过瑞栋和柳燕的追杀大有裨益。此后韦小宝更加留意太后的动静，终于发现这是假太后。二是顺治帝在五台山出家。引出了后面韦小宝在五台山保护顺治帝，顺治康熙父子在韦小宝见证下相见等一系列重要情节。

　　诗曰：
　　弓腰曲背咳不停，宫闱秘事晚来听。
　　目盲重病何所惧，为报先皇终眼青。

地杰星丑郡马宣赞——游坦之

匹配度★★★★★

相似点	宣赞	游坦之
身份	梁山头领	丐帮帮主
相貌	丑陋	阿紫唤作"铁丑"
姻缘	郡马	痴恋阿紫郡主
死于非命	战死	自杀
郡主也死于非命	郡主怀恨身亡	阿紫郡主自杀殉情

游坦之武功极高,略逊于天龙四绝而已,犹在丁春秋、慕容复、段延庆等人之上,自然是武林杰出人物,故以"地杰星"属之。他原是聚贤庄少庄主,甫一登场,伯父和父亲便双双惨死。原本以为他的人设应该是复仇者,没想到却成了金庸笔下最痴情的男士之一。他的两位至亲因萧峰而死,自己与萧峰动手被折断双腿,苦恋而不得的心上人又苦恋萧峰而不得,为之殉情的心上人却为萧峰殉了情。他真是一位被主角光环压得死死的悲催人物。

游坦之原来是懵懂无知的,第一个目标是报仇,很快发现不可能实现,遇到阿紫后终于有了终生奋斗目标:当"舔狗"。在阿紫眼里,他从来不是人,是蝼蚁,是草芥。他的爱,太卑微,太卑贱了。他和段誉是《天龙》中的两大"舔狗",最终结局却大相径庭。可能有人会归结为段誉的主角光环,其实不然。两人固然同为"舔狗",但此"狗"非彼"狗",根本区别在于是否有底线。他在少室山上,以"腐尸毒"对抗丁春秋的"腐尸毒",一口气抓死十余名丐帮弟子。如此阴毒残暴的行径,段誉是绝对做不出来的。两人的本性人品判若云泥,不可混为一谈。

真正可以与游坦之相提并论的是林平之,这两人身上拥有大量的相似点和相反点,罗列出来令人叹为观止。

相似点	游坦之	林平之
名字	坦之就是平之	平之就是坦之
少爷出身	聚贤庄少庄主	福威镖局少镖头
开场遭遇惨变	伯父和父亲双双死去	被灭门
使命	为伯父和父亲报仇	为全家报仇
武功突飞猛进	不会→超凡	低微→超凡
眼睛变瞎	捐给阿紫	被仇人的毒液喷瞎
滥杀无辜	用"腐尸毒"杀丐帮弟子	杀岳灵珊和五岳派高手

相反或相对点	游坦之	林平之
姓氏	游(在水里)	林(在陆地上)
行为的主动程度	多被动	多主动
感情的主动程度	主动,追阿紫	被动,被岳灵珊追
身体伤残	脸被阿紫烫烂	自宫
复仇结果	放弃复仇	成功复仇
结局	死在陆上	囚在水底

再玩得玄虚一点:"林"字两个木,林平之的两大仇人,木高峰有"木",余沧海的"余"字下面是"木"。"游"字三点水,两个掌控游坦之的人,阿紫水性极佳,全冠清也带三点水。

诗曰:

草木残生颜铸铁,虫豸凝寒掌作冰。

自剜双目博一笑,始知一笑终未能。

地雄星井木犴郝思文——文泰来

匹配度★★★★

文泰来"奔雷手"这个绰号气势凌厉、威风凛凛，他本身也是难得的英雄好汉，故以"地雄星"属之。"犴"字有牢狱之义，正好与文泰来的生平契合。两人姓名中都含"文"。红花会四大当家陈家洛、无尘、赵半山、文泰来的武功明显在其他兄弟之上。文泰来擅长使用刚猛的拳法，曾经因为和于万亭一同探听到乾隆身世的秘密而遭追捕，后来被红花会的兄弟们救出。

文泰来是极阳刚威猛的一条硬汉，他一出场便已身受重伤，不久更身陷牢笼。红花会诸当家倾巢而出营救他，三番四次功败垂成。但越是在这些极端恶劣的环境下，就越能够显示出他威武不屈、镇定自若的英雄气概。他在密室被乾隆亲自审问，明明他是阶下囚，乾隆是九五之尊，但偏偏乾隆吓不到他，而他冷冷的三言两语却能使乾隆大为紧张。

营救文泰来是《书剑》上册的主要情节线索，充分展现了红花会诸位当家之间的兄弟情义，也展现了文泰来与骆冰之间的夫妻深情。余鱼同舍命缠着张召重让文泰来逃走，文泰来明明已脱身，看见余鱼同全身浴血晕倒在地，即时转身回来，甘愿受绑。骆冰千辛万苦找到押解文泰来的大军，因为怕失望，不敢问车中是谁。陈家洛身为总舵主，却愿意孤身犯险，代替文泰来入牢笼。以及余鱼同为救文泰来甘愿毁容等情节，无不使人动容。大家对文泰来如此义气深重，不难看出他平时的为人。

文泰来胸怀磊落，宽宏大量。余鱼同暗恋骆冰，并曾偷吻过骆冰。待他在生死时刻向文泰来道歉时，文泰来却说早看得出来，却拿他当年轻人糊涂而已。虽然早看出来了，文泰来却从未猜忌过骆冰，也没怪罪过余鱼同。这不仅是胸怀度量大，更主要的是夫妻双方间的信任。

文泰来老成持重，沉稳可靠。红花会的老总舵主于万亭知道了乾隆的身世秘密，夜闯皇宫，要将此事告知乾隆。如此绝密的大事，于万亭只安排一人陪同，便是文泰来。于万亭去世后，文泰来是红花会内唯一知道此秘密的人，陈家洛知道此事还是以后的事。朝廷之所以花大力气追捕文泰来，便跟此秘密有关，足见其在红花会中的特殊地位。

诗曰：
夜闯宫门遗祸胎，九重身世费疑猜。
四次三番难救得，英雄否极终泰来。

地威星百胜将军韩滔——康熙

匹配度★★★★

《鹿鼎》中的康熙端的是威风八面，百战百胜，书中多次提到"威权渐重""天威难测"等语，与韩涛的星名和绰号均契合。康熙是金庸着墨甚多的人物，在《鹿鼎》中仅次于韦小宝，男主中虚竹和狄云着墨还少于康熙，女主中只有黄蓉和小龙女着墨多于康熙。如果说《鹿鼎》的一号主角韦小宝是一个典型的中国人（当然是运气特别好的那种），那么二号主角康熙不是一个典型的中国皇帝，而是一个近乎完美的中国皇帝。

康熙的百战百胜体现在：第一，与韦小宝比武胜多负少。第二，擒拿鳌拜，扫除亲政路上的最大障碍。第三，五台山成功认父。第四，揭破假太后，救出真太后。第五，平定吴三桂等三藩。第六，大胜罗刹国，迫使罗刹国坐到谈判桌前。唯一未能成功的是捉拿天地会群雄却被韦小宝放走。

康熙为人至孝，有情有义。得知父皇健在，那份狂喜和孺慕之情发自内心。如果换了他人，很可能会担心自己皇位不保。他还牢记顺治"永不加赋"的嘱托。康熙知己知彼，心思缜密。沐王府的人冒充吴三桂手下入宫行刺，他分析其中的三个疑点，[1] 就非常全面到位。连他的对手陈近南都认为他施政"很妥善，兴复大业越来越渺茫"[2]。

---

[1] 见《鹿鼎》第十二回。
[2] 见《鹿鼎》第三十四回。

韦小宝对于康熙来说有三大作用：一是得力干将。以上大事韦小宝无役不予，无往不胜。而且韦小宝先后在九难和归辛树两大高手行刺时舍身救了康熙。二是情感需要。康熙少年亲政，身边的大臣都比他年长几十岁，难得有韦小宝这样年龄相当又信得过的人。他曾对韦小宝说："一天到晚做皇帝，没个知心朋友，也没什么味道。"[1] 就是把韦小宝当成了知心朋友。三是自我参照。康熙是个少年皇帝，好事好动，乃是少年天性。很多时候，他自己也跃跃欲试，格于皇帝身份，无法随意出宫。他派韦小宝出宫办差，就把韦小宝作为自己的参照系。他内心想，韦小宝"年纪和我相若，武功不及我，聪明不及我，他办得成，我自然也办得成，差他去办，和自己亲手去干，也已差不了多少"[2]。

诗曰：
赋永不加记在心，孺慕深情泪满襟。
尧舜禹汤何敢望，未妨重睹在而今。

---

[1] 见《鹿鼎》第十五回。
[2] 见《鹿鼎》第十三回。

地英星天目将彭玘——小昭

匹配度★★★★

"英"的本义是花,小昭自然是张无忌时代的明教之花。她年龄虽小,却肩负特殊使命,且才华卓越,无愧英杰之名,故以"地英星"属之。小昭在光明顶密道中所唱的曲子全是关于天地人生的至理名言,而且她听人唱过后就把曲词全记下来了。她在张无忌修炼乾坤大挪移的过程中,不着痕迹地便把全部心法背了下来,可见她天生有过目不忘的超强记忆力。她指挥明教教众抵御元兵,颇有大将之风,"天目将"三字当之无愧。

小昭出场次数不多,每次正式出场几乎都有意外发生:一是在光明顶密道中从丑丫鬟变成美少女,足见其身份绝非普通丫鬟。二是杨逍教杨不悔习武时,发现小昭熟知六十四卦方位,足见其身怀上乘武功。三是绿柳庄外明教教众被元兵包围,由她指挥作战脱困。杨逍本已认定她是敌人的卧底,这下小昭成了明教功臣。四是在去往灵蛇岛的船上,一向温柔和顺的她,与赵敏对答时居然咄咄逼人,可见她对赵敏怀有敌意。五是她乃紫衫龙王黛绮丝的女儿。六是她被任命为波斯总教教主,从此与张无忌天各一方。不过,她身上的意外再多,出场后的初心始终没变,她的愿望只是在张无忌身边当他的丫鬟。

如果小昭是一个未见世面、名不见经传的乡野村姑,她这样的愿望虽令人感动,但还不至于令人惊讶。可她的父母都是极有名的武林豪杰,她本身容貌绝美,聪明过人,身负上乘武功,精通五行八卦阵法,担任地位崇高的总教教主，张无忌还是她的下属。以这样的出身、才智、地位，却能永葆初心，确实感人至深。她临别前说殷离是张无忌的良配，殷离也是谨守初心的姑娘啊！

在《倚天》四女中，小昭着墨最少，但金庸说最爱小昭[①]。赵敏和周芷若都不止一次伤害过张无忌，殷离只爱当年的张无忌。小昭没有政治野心，这是她比赵、周二女可爱的地方之一。她潜入光明顶是听从母亲的安排，担任总教教主是为了救下黛绮丝和张无忌、谢逊一行人。张无忌和小昭在一起时，不用担心被算计，也不用担心被伤害，只有平安喜乐，只有温柔温暖。这样的小昭，谁能不爱呢？

诗曰：

与子共穴相扶将，初心永葆为张郎。

救得爱人兼圣母，东西永隔如参商。

[①] 见《倚天》后记。

地奇星圣水将军单廷珪——阿紫

匹配度★★★★★

阿紫爱上萧峰的原因真是旷古未有之奇：因为萧峰打死了她姐姐。故以"地奇星"属之。她水性极佳，出场和谢幕都与水有关：出场地点在小镜湖边，谢幕前水遁请来中原群雄去往辽国救援萧峰。辽国的穆贵妃向她推荐一种"圣水"，只要给心爱的男人喝下一小瓶，那男人便永远只爱给他喝"圣水"的女子，到死也不变心。她信以为真，就给萧峰服下了。所以单廷珪的绰号"圣水将军"与阿紫很契合，两人的结局都是死于战场。

从着墨多少而言，阿紫是《天龙》的女一号。该书六个重要的男性角色是萧峰、段誉、虚竹、慕容复、段正淳、游坦之，围绕他们大体上形成六个人际关系网。女性角色一般身处其中一到两个关系网，最多不过三个，阿紫却身处其中五个关系网。出场时的一个细节就已经暗示了她的性格：在小镜湖她为了好玩刺中了一尾鱼，"伤口中的鲜血一点点的落在碧水之上，红绿相映，鲜艳好看，但彩丽之中却着实也显得残忍"[①]。萧峰打死阿朱经历了"暴力＋深情"的过程，这与阿紫的性格特征高度相似，她就特喜欢这两种感觉：她把暴力给了游坦之，把深情给了萧峰。也许这就是她不可救药地爱上萧峰的深层原因吧。

阿紫自小在星宿派长大，形成暴戾残忍的性格不足为怪。她与萧峰

---

① 见《天龙》第二十二回。

相处了一段时间，觉得萧峰并不爱她，便精心设计了一个"暴力＋深情"的巧局。她在毫无征兆之下，突然用剧毒的细针偷袭萧峰，满拟将萧峰毒成重伤，萧峰就只能乖乖呆在她身边，受她照料。不料萧峰应变奇速，用雄浑的掌力震开毒针，反而顺带把她打成重伤，这下萧峰只能乖乖呆在她身边照料她。整件事情的过程虽然完全不在她的计划之内，但结果正是她想要的，因此她非常开心。这就是她表达爱意的方式。

阿紫和游坦之都是极为痴情的单恋者，最终都殉情而死，两人身上有很多互补点：一个愿打，一个愿挨；一个发号施令，一个言听计从；一个心狠手辣，一个懦弱懵懂；一个极有心计，一个全无主见；一个痛加折磨，一个逆来顺受；一个瞎了双眼，一个自愿献眼；一个有变态的施虐癖，一个是畸形的受虐狂。阿紫亏欠游坦之太多了，绝非自尽前剜去双目就能偿还的。

诗曰：
还君双目负君心，绝壁雁门云雾沉。
莫言圣水毒萧氏，遇见萧郎毒已深。

地猛星神火将军魏定国——火工头陀

匹配度★★★★

火工头陀武功走的是猛悍一路，故以"地猛星"属之。他在少林寺香积厨下负责烧火，整日与火打交道，与魏定国的绰号契合。火工头陀大闹少林寺大致发生在郭靖出生前十五年，其事迹主要记载于《倚天》第二回。

火工头陀生性阴鸷，出手狠辣，凭一己之力把少林寺搅得天翻地覆。他原在灶下烧火，监管香积厨的僧人性子暴躁，他被打得吐血三次，便暗中去偷学武功。他既苦心孤诣，又有过人之智，二十余年间竟练成了极上乘的武功。但他深藏不露，仍是不声不响地在灶下烧火。有一年中秋，寺中例行达摩堂大校，众弟子献技已罢，达摩堂首座苦智禅师升座品评。他越众而出，大声斥责苦智的话狗屁不通。众僧一一跟他动手，他连败达摩堂九大弟子，九僧无不身受重伤。苦智又惊又怒，伸手和他较量。斗了良久，苦智不忍伤他性命，双掌一分，乃是停手罢斗之意。他却错看成一招杀手，乃拼命搏杀，将苦智打死。他趁乱逃得不知去向。合寺悲戚之际，他又偷偷进寺，将监管香积厨和平素与他有隙的五名僧人打死。合寺派出几十名高手四下追索，但丝毫不得踪迹。

如果事情到此结束，那么也不过就是一个底层小人物卧薪尝胆之后，逆天改命一雪前耻的老套故事。但不仅于此，后来寺中高辈僧侣为此事大起争执，罗汉堂首座苦慧禅师一怒而远走西域，开创了西域少林一派。火工头陀也自创了西域金刚门。经此一役，少林寺的武学竟尔中衰数十年。少林寺自此定下寺规，凡是不得师授而自行偷学武功者，发现后重则处死，轻则挑断全身筋脉，使之成为废人。换句话说，他这一闹腾，武林中多出了两个门派，少林寺修改了寺规。

火工头陀的金刚门对《倚天》的故事走向影响甚大。偷袭张三丰的刚相、用大力金刚指致使俞岱岩重伤残废的阿三、致使殷梨亭重伤的阿二等高手，都来自金刚门。尤其是俞岱岩虽被殷素素的银针所伤，殷素素已托镖局运回武当，本不难痊愈。不料半路上又被大力金刚指折断四肢，当时未能找到凶手。这样追究起来，殷素素成了始作俑者，只能承担致俞岱岩重伤的责任。因此阿三实在是张翠山夫妇双双惨死的罪魁祸首。

诗曰：
火工廿载寂无声，拳毙高僧古刹惊。
流传后世多阴毒，痛惜翠山殉乃兄。

地文星圣手书生萧让——朱子柳

匹配度★★★★★

朱子柳高中状元，本就是地上的文曲星，"地文星"属之再合适不过。他擅长多种书法字体，武功高强，这些都与萧让高度一致。他学武较晚，但悟性甚高。初列南帝门墙之时，朱子柳武功居渔樵耕读四大弟子之末，十年后已升到第二位，《神雕》时期的武功则已远在三位师兄之上。一灯对四名弟子一视同仁，诸般武功都倾囊相授，到后来却以他领会的最多，尤其一阳指功夫练得出神入化。

朱子柳在双雕中各有一场重头戏。《射雕》中郭靖带黄蓉找一灯疗伤的路上曾经遇到他，他不愿让二人找到一灯并损害一灯的真气，于是百般刁难，出对联等文字游戏来为难二人。不料黄蓉家学渊源，颇善吟诗作对，加上本人又是聪明伶俐、刁钻古怪，到头来他只能自取其辱，被小黄蓉调侃挖苦一番，只好依约将两人放行。他本就是"天南第一书法名家"，后来武学越练越精，《神雕》时期竟自触类旁通，将一阳指与书法熔为一炉，自创出"一阳书指"。他在英雄大宴中出场对阵霍都，便用这路功夫点中对方穴道，杀得霍都狼狈下跪。

金庸有四部小说写到书法武功，总体上对这类功夫的评价越来越低。《神雕》中朱子柳"一阳书指"的表现兼具书法意境和实战效果，自然无可挑剔，他堪称金庸笔下书法造诣最高的人。《倚天》中张三丰临空书写《丧乱帖》，并创造了"倚天屠龙"书法武功，张翠山施展此功令谢逊目瞪口呆。这是书法武功的又一高光时刻，但施展者的书法水平肯定不及朱子柳。《侠客》中侠客岛上神秘的蝌蚪文中隐藏着绝世神功秘籍，但那些熟悉文字和书法的武林豪杰们穷尽心力也无法领会，反而是目不识丁的石破天捷足先登。这是对书法武功的一次强烈讽刺。到了《笑傲》，金庸已经不满足于对书法武功的暗讽，而是借任我行之口明怼："要知临敌过招，那是生死系于一线的大事，全力相搏，尚恐不胜，哪里还有闲情逸致，讲究甚么钟王碑帖？除非对方武功跟你差得太远，你才能将他玩弄戏耍。但如双方武功相若，你再用判官笔来写字，那是将自己的性命双手献给敌人了。"①

诗曰：

天南书法头一家，腹有诗书气自华。

武功入笔真儿戏，性命献敌实堪嗟。

---

① 见《笑傲》第二十回。

地正星铁面孔目裴宣——龙木二岛主和张三、李四

匹配度★★★★★

龙木二岛主经营侠客岛有两大目的：一是维护武林正义，二是探讨武学难题。在此过程中，二岛主是顶层设计和策划者，张三、李四是忠实有力、铁面无私的执行者。此四人四位一体，难以分拆，故而放在一起评介。

关于第一点，龙岛主在石破天等人上岛当日郑重宣布："侠客岛不才，以维护武林正义为己任，赏善罚恶，秉公施行。武林朋友的所作所为、一动一静，我们自当详加记录，以凭查核。"[①] 侠客岛是这么说的，也是这么做的。二岛主神通广大，对武林中人的一举一动均了如指掌，甚至不为人知的隐私都难逃其侦察。侦察的结果一一记录于赏善罚恶簿，作为下一次赏善罚恶的依据。要想真正将赏善罚恶落到实处，必须要有强大的武力。二岛主本就是两大绝顶高手，甚至他们的弟子武功都在大部分掌门人之上，因此侠客岛有足够的能力让作恶者得到应有的惩罚。侠客岛维护武林正义的行为规划周密、举措有力、执行到位，是金庸小说中最有组织性、最大规模的集体侠义行为，龙木二岛主是真正的侠义领袖。

张三、李四执行十年一次的赏善罚恶及邀请中原武林各大帮派掌门到侠客岛喝腊八粥，已有三十年的历史。由于两项任务一同执行，武林

---

① 见《侠客》第十九回。

人士皆误会掌门人若接受邀请铜牌，帮众门人则生，掌门若不肯接受，帮众门人则被赏善罚恶使者杀得一个不留。根据龙木岛主的解释，遭杀的都是经过他们详细调查，证明是大奸大恶的坏人或帮会，从来没有杀害好人。而世间认为二人杀害好人，只不过因为世人不知道这些表面良善的人所做的坏事。二人早年罚恶还需要借助毒物，到后来中原武林已无人是其对手，单凭武功便已绰绰有余。

张三、李四除了赏善罚恶和邀请各门派掌门，额外做的一件事便是与石破天结为兄弟。二人第一次出场，以为石破天是敌非友，毫无诚意地和他结拜兄弟，然后三人联手灭了铁叉会。第二次出场，二人眼见石破天明知长乐帮的阴谋，仍慨然答应前往侠客岛，为其侠义所感，方才从心里认了这个兄弟。

诗曰：
龙木千秋侠士哉，更兼张李惊世才。
赏罚分明良不易，揪心粥宴岛中开。

地阔星摩云金翅欧鹏——逍遥子

匹配度★★★★★

金庸小说中武学修为最高的人物来自佛道两家。两家各有一位真实的历史人物,也各有一位金庸虚构的人物。前者是达摩和张三丰,后者是扫地僧和逍遥子。逍遥子没有正式出场,但他的影响力与辐射力极为广阔。《天龙》"南慕容"以上的高手中着墨最多的前八位依次为段誉、萧峰、虚竹、慕容复、天山童姥、游坦之、鸠摩智、丁春秋。除了萧峰和慕容复,其他六人的武功都有传自逍遥子的部分。女性角色中着墨最多的是阿紫和王语嫣,阿紫是他的三传弟子,王语嫣是他弟子李秋水的外孙女。可见《天龙》的大部分重要人物都在其笼罩之下。星宿派弟子拍丁春秋马屁的八字真言如果改成"逍遥老仙,法力无边",倒是比较符合逍遥子的辐射力,故以"地阔星"属之。"摩云金翅"的大意是大鹏振翅穿过云端,与欧鹏的"鹏"字同义。大鹏出自《庄子·逍遥游》,与逍遥子的名号出处相同。其弟子无崖子、李秋水以及逍遥派的北冥神功之名等等,也都出自《庄子》。他还是"天龙八部"中的夜叉之一(详本书附录)。

逍遥子的武功究竟多高,才艺究竟多广,只能从他的徒子徒孙身上去想象。他的三位亲传弟子是童姥、无崖子、李秋水,一般认为武功不低于天龙四绝。段誉的北冥神功、凌波微步和鸠摩智的小无相功学自典籍,都可以算是他的私淑弟子。这些弟子使用过的武功中至少包含了含金量极高的北冥神功、小无相功、凌波微步、生死符、天山折梅手、天山六阳掌、八荒六合唯我独尊功、传音搜魂大法、白虹掌力这九大神功。他的徒孙有虚竹、苏星河、丁春秋等，仅苏星河一人便有琴、棋、书、画、医、匠、花、戏等诸般才艺。据此想象后，得出的结论是：逍遥子武功之高、才艺之广，令人无法想象。

逍遥子既不是出场人物，也不是口述人物，从没有人口述过他的事迹，他的三位亲传弟子出场时也很少提到他。他似乎与《天龙》中的出场人物离得很远，又似乎无处不在。我们知道他的三位亲传弟子均以高龄谢世，可是他的生死从来无人知道。苏星河曾说："本派神功和心脉气血相连，功在人在，功消人亡。"[①] 无崖子、童姥、李秋水死前均将毕生功力传给了虚竹，可从未提及逍遥子把功力传给了谁，也许他的神功还在吧。他就像永远翱翔在云间的大鹏，若隐若现、若即若离，或许只有这样神光离合、扑朔迷离的处理方式才能配得上逍遥子这样的名字、这样的人物。

诗曰：

迷离倘恍若虚无，九大神功泽众徒。

且自逍遥没谁管，何须纠结生与殂。

[①] 见《天龙》第三十二回。

地阔星火眼狻猊邓飞——叶二娘

匹配度★★★★

邓飞是《水浒传》中最残忍的人物之一，他的赞诗说："多餐人肉双睛赤，火眼狻猊是邓飞。"叶二娘忆子成狂，就盗取别人家的婴儿来玩弄，玩弄完便即杀害，因此得了"无恶不作"的称号，她是金庸小说中最残忍的人物之一。邓飞先是主动让位于裴宣，上梁山后多次在战斗中救人，最终又死于救人；而她实无任何侠义助人的行为。两相比较的话，邓飞还强于她。除了玩弄杀害婴儿之外，她给人印象最深的便是临死前的阖家团圆，故以"地阔星"属之。她是《天龙》中的"迦楼罗"。《天龙》卷首的释名中提及迦楼罗"每天要吃一个龙王及五百条小龙"，即指她每天残害一个小儿的恶行。

叶二娘本来温柔美貌，端庄贞淑。后来失身于玄慈，生下虚竹，在他的身上点下香疤以为记认。萧远山为了向玄慈报仇，抢走虚竹，使玄慈和她均不知亲子去向。后虚竹违反戒律，在执行杖责时，掀开虚竹僧衣，露出背上香疤，令她认出亲子。而此时萧远山出现，揭破她与玄慈的奸情，导致她自杀，书中说"叶二娘之死，更令他良心渐感不安"[①]。其实萧远山的良心安错了地方，真正令他良心不安的应该另有其人，像叶二娘这样的极端残忍之辈，实在是死有余辜。

《天龙》四大恶人中，"恶贯满盈"段延庆手段残忍，对象是其仇家

[①] 见《天龙》第四十三回。

或违逆其意愿的人;"凶神恶煞"南海鳄神徒有其表,除了跟随段延庆行动杀过两三人,其他作恶不多,还经常帮助段誉,简直是混进恶人队伍的正面人物;"穷凶极恶"云中鹤人品卑劣,贪花好色,但书中并未叙及其具体恶行。因此,段延庆恶在复仇,南海鳄神恶在站队,云中鹤恶在人品。叶二娘恶在仇视社会,无差别攻击杀害,其危害性最大,实为恶中之首。段延庆之恶可以理解,叶二娘之恶不可原谅。

《天龙》中叶二娘和段延庆两大恶人却生下了虚竹和段誉两大善人。叶二娘的儿子被偷走二十四年,她以为再也见不到了;段延庆根本就没想到自己有儿子。当叶、段二人知道自己的儿子长大成人,均大喜过望,停止了作恶。她对玄慈和虚竹的感情还是非常深挚的。

诗曰:
莫言当日总温柔,虐杀众儿死不酬。
谁知阖府团圆后,郎去随之恨已休。

地强星锦毛虎燕顺——霍青桐

匹配度★★★★

　　霍青桐是《书剑》的女一号。她太强了，除了武功，其他都比男主陈家洛要强：见识、谋略、胸襟、气度，都令陈家洛自惭形秽。陈家洛有一段内心独白："霍青桐是这般能干，我敬重她，甚至有点怕她。""难道我心底深处，是不喜欢她太能干么？"[①] 故以"地强星"属之。燕顺的特点是外貌色彩斑斓：赤发黄须锦毛虎，与翠羽黄衫霍青桐正堪匹配。

　　霍青桐是智勇双全的回疆奇女子，拥有领导才能，冰雪聪明，智计无双，胆识过人，文武兼备，能够调兵遣将，指挥大局。她没有一般女子的柔弱，她是坚强女性的表率。在爱情失意之后她没有消沉，而是把保家卫族的重任挑在了肩上。她武艺高强，洞悉人性，不但有谋有略，而且眼界高远、胸襟广阔，不在乎世人的误解与评价，众人皆醉我独醒，既具大丈夫气概，又不失女性温柔，端的是女中豪杰，巾帼不让须眉。她领导回疆人民以寡敌众，运筹帷幄，于"黑水河之役"大破清兵。她对清兵的大胜，与陈家洛对清廷的惨败，形成了强烈的对比。

　　霍青桐就像一个悲壮的英雄，只能在无人时舔舐自己的伤口。黑水河之战，爹爹不相信她，哥哥不相信她，部下也不相信她，甚至连赛诸葛的徐天宏也识不出她的计谋，她只能向真神阿拉求助和诉说。一方

[①] 见《书剑》第十七回。

面，她要打退清兵；另一方面，她又希望爹爹和妹妹能够平安归来。面对众人的误会，她非但没有抱怨，而是真心希望自己能替别人受苦。她什么都好，她无所不能，她坚强得让人心疼。可是意中人偏偏爱上了她所深爱的妹妹，她的智计和谋略怎么可能用来和妹妹争夺情郎呢？

《飞狐》中的文字透露了霍青桐的归宿："陈家洛、霍青桐等红花会群雄从回疆来到北京，却为这日是香香公主逝世十年的忌辰，各人要到她墓上一祭。"[1] 霍青桐本非红花会成员，则当时已经入会。她的名字紧跟陈家洛，排在无尘、赵半山、文泰来等人之前，只有一种解释：她已经是陈家洛夫人了。之所以这样安排，或许金庸也为霍青桐感到意难平吧。

诗曰：
陈郎助夺古兰经，误认乔装久未醒。
奇谋破敌芳心苦，惊才绝艳雪莲馨。

---

[1] 见《飞狐》第十九章。

地暗星锦豹子杨林——岳灵珊

匹配度★★★★

本书以"天暗星"属林平之,则"地暗星"属岳灵珊,夫妻俩皆是命运暗淡之人,正是天作之合。中国古典文学中"杨"往往便是指"柳","柳"与"留"谐音,寓意挽留、留恋也。杨林者,留恋林平之也,正是岳灵珊的写照。

有论者认为岳灵珊从一开始与令狐冲便只是兄妹情谊,这实在不敢苟同。《笑傲》第八回令狐冲刚上思过崖时岳灵珊每日为他送饭那一段文字,任谁都能读出两心相许的情愫,就差相互表白了。紧接着陆大有因岳灵珊与林平之交往密切而愤愤不平,足见华山派同门皆默认令狐冲与岳灵珊是情侣。书中也直言两人青梅竹马,当时"情投意合,互相依恋"[1]。因此见异思迁的差评,岳灵珊是逃不掉的。

岳灵珊也不像某些论者说的那样没有心机。在岳不群谋夺林家辟邪剑谱和五岳剑派总掌门的行动中,她都是最重要的帮手。为了前者,她千里迢迢地从华山跑到了福州。左冷禅和岳不群都知道夺得总掌门的最大障碍是令狐冲。左冷禅打算用剑法以外的武功击败令狐冲,岳不群则利用岳灵珊击败令狐冲。其实在对阵令狐冲之前,她对付莫大先生的手法就很不光彩,绝非正人君子所为。此后岳不群立马给了她一耳光,既维护自身的君子人设,又使令狐冲对她大起怜惜之情,父女合演了一石

---

[1] 见《笑傲》第三十三回。

二鸟的苦肉计。她在与令狐冲交手时，又一反移情林平之后对令狐冲不假辞色的常态，陪令狐冲对舞了一套缠绵的冲灵剑法。以上这些事情岳夫人都未曾参与，说明岳灵珊的品性与父亲较近，与母亲较远。

岳灵珊绝非水性女子，未遇林平之前只与令狐冲要好，移情林平之后只爱林平之一人。她事事迁就林平之：她懂福州话，闲时便指点刚上华山的林平之；林平之入门数月，她便把须入门五年才学的招数教给了他；两人空有夫妻之名，却无夫妻之实，岳不群查问之时，她每每为林平之遮掩；与令狐冲过招时，林平之"哼"了一声，她立即结束冲灵剑法，改换其他招数；林平之找青城派报仇，她明知危险，仍坚持陪同；她明知林平之自宫练剑，仍不离不弃；林平之狠心杀她，她临死前还嘱托令狐冲照顾他。林平之给予她的除了羞辱和伤害，似乎只有福建的山歌，她一直唱到断气为止。

诗曰：
青梅竹马早成空，见异思迁有始终。
不群为恶多相助，福建山歌韵未穷。

地轴星轰天雷凌振——成昆

匹配度★★★★★

射雕三部曲各有一位武功卓绝的大反派：欧阳锋、金轮法王和成昆。成昆长期隐身幕后，故而着墨最少，但非常集中。他所有的活动都围绕颠覆明教和称霸武林展开，为此不惜掀起江湖上的腥风血雨。《倚天》中的许多重要事件都由其操纵，他是书中的轴心人物，故以"地轴星"属之。其绰号为"混元霹雳手"，"霹雳"与"轰天雷"本就同义，故其绰号与凌振契合。

成昆以颠覆明教为最重要的人生目标，这源于他的情感悲剧：他青梅竹马的师妹被明教教主阳顶天横刀夺爱。阳顶天在修炼乾坤大挪移时，发现他们私通，遂走火入魔而死。阳夫人自杀殉夫，他悲愤欲绝，发誓终其一生覆灭明教。此后一步步展开计划：其一，其徒谢逊乃明教法王，他杀害谢全家，谢找他复仇未果，遂滥杀武林人士，引发明教与各大门派的恩怨。其二，他投入汝阳王府，为朝廷消灭明教出谋划策。其三，他拜空见为师，在少林寺积极发展党羽，意图操纵少林派。空见为化解他与谢逊的恩怨，甘受谢十三拳，谢使诈打死空见，少林遂与明教结怨更深。其四，在六大门派围攻光明顶中，他趁明教高手内讧之际出手偷袭，使明教大多数高手不能出战，若非张无忌出手，明教便将覆灭。其五，他利用丐帮捉住了谢逊，将谢带到了少林寺，请出少林三渡看守谢。同时唆使空闻方丈召开屠狮英雄会，意图使各大门派为了屠龙刀和谢逊相互争斗。其六，英雄会阴谋破产后，他下令党羽焚烧少室

111

山，欲与武林人士玉石俱焚。明教击败其党羽，扑灭火灾，救出被挟持的空闻，从此与各大门派化敌为友。他的所有计划全部失败，终生被囚禁于少林寺。

  在英雄会现场的成昆未达到诱使各派相互残杀的目的，且周芷若被黄衫女擒住，无意中咳嗽一声，立刻被听觉灵敏的谢逊发现，他不得不与谢进行最后决斗。他本来占据优势，但被谢引入了漆黑地牢中，他在黑暗环境下不敌已经眼盲二十年的谢，被谢击瞎双眼并废掉全身武功，成为废人。以谢的武功机智，在长达三十余年的时间里却处处受制于成昆，足见他的能力和手段，谢评价他"实在是天下最工心计的毒辣之人"[1]。他是金庸笔下有数的阴谋家之一。

  诗曰：
祸起萧墙破金汤，屠狮有会孰为殃？
多行不义终罹祸，奇谋秘计梦一场。

---

 ① 见《倚天》第八回。

地会星神算子蒋敬——瑛姑

匹配度★★★★★

此"会"指的是会计的"会",即术算之法。瑛姑为上桃花岛救周伯通,曾苦学五行术算之法,故以"地会星"属之。瑛姑的绰号便是"神算子",与蒋敬一致。

瑛姑最大的特点是个性偏激,缺乏共情。这鲜明地体现在她对一灯(南帝)的态度上。她给南帝戴了绿帽并有了一个私生子,此子被裘千仞故意打成重伤,希望南帝耗费功力医治。她请南帝医治未果,遂痛恨之,之后处心积虑、千方百计向南帝寻仇,必欲除之而后快。其实南帝一向待她很好,她与人私通生子,即使将她处死也在情在理。但南帝无一言半语相责,任由她继续在宫中居住,供养比前更加丰厚。南帝对她实是仁至义尽,极度宽容了,她居然还痛恨南帝十几年。

瑛姑的第二个特点是苦心孤诣,不畏艰难。她给自己确定的仇人或敌人都是当时武林的顶尖人物:一灯、裘千仞、黄药师。她丝毫不因自己武功才智与对方差距过大而退缩。对付一灯,她费尽心机。她自知武功与一灯差距很大,煞费苦心作了大量铺垫,利用黄蓉消耗一灯的功力。一灯运功疗伤后功力大减,她乘机上门寻仇。对付裘千仞,她豁出性命。每次找到或巧遇裘千仞,她都以癫狂搏命的状态主动出击。裘千仞本就内心有愧,又被她这股疯劲所震慑,往往不战而逃。对付黄药师,她发奋自学。她听说周伯通失陷在桃花岛,便上岛营救,结果被困于桃花阵。黄药师不予计较,放了她。她便埋头学习五行术算之法,以期再次上岛营救。这些行动看上去显得不自量力，但精神可嘉。

瑛姑最大的心结还是周伯通。尽管周一直逃避责任，甚至不愿意见面，她依然一往情深。《神雕》中杨过和郭襄为救史家兄弟，需要九尾灵狐的血，因而求见瑛姑。恰逢一灯带着奄奄一息的裘千仞也来求见瑛姑，请她原谅。瑛姑以见到周为条件，杨过便去百花谷劝解周。最终瑛姑原谅了裘千仞，与周伯通、一灯结伴隐居于百花谷，算是皆大欢喜的结局。

梁羽生和金庸在非常相近的时间内创作出两个未老而白头的女子。练霓裳是白发魔女，瑛姑应该称为白发怨女。

诗曰：

鸳鸯织就欲双飞，未老白头苦无依。

丧子仇兼负心怨，白花谷里喜同归。

地佐星小温侯吕方——宋青书

匹配度★★★★★

温侯是吕布的封爵,但是不如"三姓家奴"这个称号有名。宋青书先是武当弟子,继而入丐帮,然后又入峨嵋派,妥妥的"三姓家奴"。不论在哪个帮派,他的角色都是佐属,故以"地佐星"属之。原先为人"端方重义"①,也与吕方之名匹配。

宋青书是金庸小说中先扬后抑、逐步"黑化"、越描越黑的一个典型。他于六大派围攻光明顶之役登场,外貌、剑术、阵法、入耳不忘等引得峨嵋派从上至下一致赞叹,都认为他应该是第三代武当掌门,灭绝师太甚至说:"我峨嵋派那有这样的人才?"② 但他一见周芷若便倾心,发现周属意张无忌,嫉妒之下方寸大乱,一步步陷入万劫不复的境地。在峨嵋派战败之后,他想趁机杀死重伤在身的张无忌,却狼狈落败。此后因心念周芷若,偷窥峨嵋派女弟子的寝室,被师叔莫声谷撞破。宋青书与莫声谷交手时中陈友谅奸计,误杀莫,成为武当叛徒。后受陈友谅唆使,他加入丐帮,被逼向张三丰下毒,但未真正付诸行动。之后又逃离丐帮,投靠峨嵋派掌门周芷若。他在屠狮英雄会上连杀丐帮二人,又对决师叔俞莲舟,被俞震碎头骨,获张无忌施救延命,最后被张三丰处死在武当山。

宋青书何以沦落至此?从他的经历和性格中可以找到原因。他遇见

---

① 见《倚天》第二十二回。
② 见《倚天》第十八回。

周芷若和张无忌之前的人生经历太顺了，光环太耀眼：武当七侠之首宋远桥的独生爱子，武当第三代第一人，才貌双全，耳旁听到的都是赞美甚至奉承。遇见周芷若才发现居然有人不把自己放在眼里，遇见张无忌才发现居然有人比自己优秀得多。知子莫若父，他在光明顶惨败给张无忌后，宋远桥知道他"心高气傲，今日当众受此大辱，直比杀了他还要难受"①。一个心比天高的人，发现自己低到尘埃里也得不到想要的，那么他的心已经死了。一具行尸走肉不会在意其他，只会依照欲望行事。所以他敢偷窥女寝，他敢跟两位师叔交手，他敢动欺师灭祖的念头，他敢以阴毒武功杀死正派人士。他明知周芷若对外谎称与他结婚是为了报张无忌逃婚之仇，依然把这个假丈夫当得煞有介事。

诗曰：
心高气傲宋家郎，一眼周姝不可忘。
端方重义何时见？灭祖欺师自取亡。

---

① 见《倚天》第二十二回。

地佑星赛仁贵郭盛——向问天

匹配度★★★★★

向问天协助任我行脱困后不久，日月神教进入剧烈动荡期。在短短三四年时间内，四位教主或有机会担任教主之人均无缘此高位。东方不败死于闺房大战，任我行病逝，令狐冲本已被指定为接班人却拒绝了，任盈盈接任不久即辞任，最终是向问天继任教主。若非天选地佑之人，怎能如此幸运？故以"地佑星"属之。薛仁贵一生功业极盛，其最著者应是大败铁勒、降服高丽、击破突厥三次大战。向问天恰好也经历凉亭脱困、梅庄营救、喋血黑木崖三次大战。大破突厥的云州之战中，突厥人一见唐朝将领是薛仁贵，便大惊失色。凉亭之战中，日月神教"人人皆知和向问天交手，那是世间最凶险之事，多挨一刻，便是向鬼门关走近了一步"[①]。因此，"赛仁贵"的绰号也不算白给。

凉亭之战乃是向问天的出场大戏，面对正邪两方六七百人的追杀，身羁镣铐的他好整以暇、睥睨群豪、游刃有余，看得令狐冲大为心折，就此结拜为兄弟。如果说此战体现他的惊人武功，那梅庄营救则展现了他的过人谋略。向问天化装化名，假称是嵩山派弟子，准备了琴棋书画四样珍贵礼物，带令狐冲来到梅庄营救任我行。在令狐冲击败梅庄四友后，四友舍不得他的礼物，于是安排任我行与令狐冲对战。任我行用内力将所有人震晕，利用他借令狐冲之手递过来的钢丝打开牢门，再将令

---

① 见《笑傲》第十八回。

狐冲锁在原来的牢房中成为替身，用以掩人耳目。半年后向问天与任我行返回梅庄，救出令狐冲。整个过程筹划周密，步步为营，算无遗策。所以东方不败在闺房大战前称赞他："日月神教之中，除了任教主和我东方不败之外，要算你是个人才"[1]。

向问天不是一个野心家，一直对任我行和任盈盈忠心耿耿。东方不败篡位之前，他曾数次提醒任我行提防。因任我行不听，他担心遭东方不败毒手，便离开黑木崖避祸。任我行强势专横，令狐冲不受拘束，每当两人间气氛紧张之时，他总是充当润滑剂或灭火器的作用。既能当好任我行的下属，又能当好令狐冲的大哥，他是个可交之人。

诗曰：
金兰联手战凉亭，梅庄脱困智多星。
耿耿忠心向任氏，荣膺教主天下宁。

---

[1] 见《笑傲》第三十一回。

地灵星神医安道全——胡青牛

匹配度★★★★★

胡青牛是明教神医，绰号"蝶谷医仙"，开发出许多灵丹妙药。正堪匹配安道全的星名和绰号。张无忌大部分武功学自秘籍，真正教过他的授业老师只有两位：一位是传授太极拳剑的张三丰，另一位便是传授医术的胡青牛。

胡青牛少年时潜心学医，立志济世救人。鲜于通在苗疆中了金蚕蛊毒，他耗尽心血救治，和鲜于通义结金兰，甚至把妹妹胡青羊许配给鲜于通，后来鲜于通却害死了青羊。此后胡青牛发誓非明教中人不救。韩千叶中毒甚深，其妻黛绮丝找到他。其时黛绮丝已破门出教，他坚持不救，韩千叶死后黛绮丝视他为杀夫仇人。

胡青牛遇到张无忌时，察觉其脉搏跳动甚是奇特。他既想试着救治，又格于自己的誓言，终于想出一个妙法：先治好再弄死。在治疗张的过程中，他觉得有个少年陪着自己也十分有趣。他不仅将所藏医书交由张观看，还将毕生著作交给张学习。后来他被黛绮丝所杀，为自己当年的见死不救付出了生命代价。张在六大派围攻光明顶之役中为胡青牛报了杀妹之仇：张将鲜于通暗算自己的金蚕蛊毒吹回，鲜于通反受其害，受尽蛊毒折磨，最后死在昆仑派的剑下。

胡青牛给人的深刻印象除了医术，还有他与妻子王难姑既恩爱又斗气的生活方式：妻子不服丈夫的医术高明，自己下的毒总能被他轻易化解。他为免伤夫妻和气，被难姑下毒的人他一概不治。难姑故意隐藏下毒手法，使他不知是她下的毒，他无意中治好了，她又大大生气。他只好决定非明教中人不治，因为难姑不会毒害教友。难姑为逼他使出全力，干脆自制剧毒，然后以身试毒。他不愿继续纠缠下去，便一边和难姑一起服下剧毒，一边给张无忌留下解毒秘方。张依据他的方法将夫妻俩救活，难姑这才心服口服。

金庸小说中欢喜冤家不少，如《书剑》的天山双鹰、《侠客》的白自在和史小翠、《笑傲》的仪琳父母等。以上几对都或真或假存在"第三者"，似胡青牛、王难姑这样纯粹在"专业技能"上较劲，较劲时搭上性命，而且越较劲感情越深，还真是罕见。

诗曰：
医仙蝶谷美名扬，欢喜冤家较劲忙。
当年见死不予救，落得金花嵌脸亡。

地兽星紫髯伯皇甫端——史叔刚兄弟

匹配度★★★★

史叔刚兄弟五人,乃万兽山庄主人,老大白额山君史伯威驯猛虎,老二管见子史仲猛驯金钱豹,老三青甲狮王史叔刚驯雄狮,老四大力神史季强驯大象,老五八手仙猴史孟捷驯巨猿。他们是金庸小说中最擅长驯兽的人,故以"地兽星"属之。皇甫端碧眼黄须,史叔刚满脸蜡黄,都以黄色为特征。

相传史氏兄弟的祖先世代以驯兽为生,这五人都天赋异禀,不但驯兽本事出神入化,而且从猛兽纵跃扑击的行动之中悟得了武功的法门。史氏兄弟自幼和猛兽为伍,竟然以兽为师,各自练就了一身本领。史叔刚于二十余岁之时入山捕兽,得遇奇人,又学会了极精深的内功。他回家后传授兄弟。五人野兽越养越多,武功也越来越强。万兽山庄的名头渐渐名扬江湖,武林中人给他们五兄弟取了个总外号,叫作"虎豹狮象猴"。五人之中,又以史叔刚超逸绝伦。

史叔刚曾被霍都偷袭重伤,幸得杨过从瑛姑手里求得九尾灵狐的血,才得以治愈,从此听从杨过的号令,后在襄阳的英雄大会为郭襄献礼。史叔刚在身负重伤之下,还能对抗杨过的三成功力,新任丐帮帮主耶律齐在他手下也讨不到任何便宜,说明他已跻身一流高手的前列。

金庸前期的小说常常出现各种动物的身影,如《碧血》的朱睛冰蟾,《射雕》的蛇群,《神雕》的黄马、玉蜂、五彩雪蛛、九尾灵狐,《倚天》的白猿、骏马黑玫瑰等。尤其在双雕中多巨兽出现,如《射雕》

的汗血宝马、双雕、大蝮蛇、巨鲨，《神雕》的神雕、万兽山庄的巨兽等。到了后期就只有《天龙》中的闪电貂、莽牯朱蛤、冰蚕等小动物给人印象较深，《连城》《侠客》《笑傲》《鹿鼎》中除了正常的坐骑，没什么动物给人深刻印象。

禽兽的出场也伴随着驯兽高手。如郭靖驯服汗血马和白雕，杨过驯服黄马和神雕，周伯通驯服巨鲨和骆驼，金轮法王驯服五彩雪蛛，瑛姑驯服九尾灵狐，梁子翁驯服大蝮蛇，李莫愁驯服花豹，钟灵驯服闪电貂等。至于欧阳锋驯服蛇群，小龙女驯服玉蜂群，史叔刚兄弟驯服万兽，那都是非常专业的驯兽大师了。这些各具灵性的动物令金庸笔下的江湖更加异彩纷呈。

诗曰：
万兽山庄五弟兄，武功驯兽早知名。
中有叔刚最超逸，丐帮帮主暗心惊。

地微星矮脚虎王英——田伯光

匹配度★★★★

"微"字既有隐蔽、藏匿之义,也有卑微之义,田伯光把自己的情感隐藏得很深,日子过得很卑微,故以"地微星"属之。他和王英都是有名的好色之徒。

田伯光是一个很耐人寻味的人物。他出场时身上有三个标签:采花大盗、万里独行、快刀。他出场越久,越觉得这些标签(尤其是前两个)名不副实。其一,他出场后并没有侵犯过任何一个良家女子。空有淫贼之名,却无淫贼之实。虽然看上了仪琳,但被令狐冲阻拦,并未得逞。在衡山群玉院狎妓,也不能算采花。在长安城连盗七家大户,虽是大盗,却与采花沾不上边。他本打算到开封采花,却被不戒和尚制住。他上华山找令狐冲时提到一个细节,为了引开岳不群夫妇,他"到陕北去做了两件案子,又到陕东去做了两件案子"[1]。只说做案子,并没有坐实去采花,说明金庸刻意维护其出场后不再采花的人设。他"闻香识女人"的绝技不仅没有用来采花,反而救了恒山派众多女弟子。其二,"万里独行"的绰号固然说他轻功高超,另一方面也指他独来独往、无拘无束的个性。可是他出场后这种个性就消失了,似乎所有事情都被人牵着鼻子走。表面上看,他受不戒和尚胁迫,可是他向令狐冲私下追述这段往事之时,一口一个"太师父"[2],叫得非常丝滑,完全看不出遭

---

[1] 见《笑傲》第九回。
[2] 见《笑傲》第二十九回。

到胁迫的怨怼与愤恨。以他的轻功，就算打不过不戒和尚，乘隙逃走总还是办得到的。

田伯光为什么前后判若两人呢？令狐冲还在华山思过崖的时候便已经起了疑心："莫非田伯光对仪琳师妹动了真情，一番欲念，竟而化成了爱意么？"① 他拜仪琳为师，表面上是因为输了与令狐冲的赌局。令狐冲认为那个赌局不算数，仪琳也根本没有收徒之念，他完全可以置之不理。但就在令狐冲就任恒山派掌门的典礼上，他当着恒山派众人和所有来宾，郑重磕头拜师，将自己牢牢拴在了仪琳身边。他还没正式拜师之前，就已经称不戒和尚为"太师父"。所谓胁迫云云，不过是他顺水推舟的障眼法。他实在是一个另类的痴情种子。

金庸小说中较有名的采花贼还有玉真子、欧阳克、云中鹤等，这三人都死于非命，田伯光只是被没收作案工具，算是善终了。

诗曰：
徒有采花大盗名，空闻万里能独行。
衡山一瞥惊鸿影，意夺神摇把心倾。

---

① 见《笑傲》第九回。

地慧星一丈青扈三娘——郭襄

匹配度★★★★

郭襄人到中年之时，挥慧剑斩情丝，成为峨嵋派开山祖师，故以"地慧星"属之。她生平第一次在风陵渡听到杨过的事迹，当时身穿淡青色皮袄。她出生于襄阳城鏖战之际，故取此名。

郭襄是金庸小说中性格最好的人物之一，她对所有人都待以一份善意，而所有人也都喜欢她。小龙女对谁都是冷冷的不大理睬，对她却甚是亲热。李莫愁这样杀人不眨眼的大魔头，曾抚养她一个多月。在她熟睡之际，居然生怕旁人吵醒了她。她娇美可爱，唤醒了李莫愁的母性，甚至在黄蓉让其选择要自己的命还是她的命时，李莫愁一度犹豫不决。李莫愁人性中善的一面，只有在她这里才能得以展现。她十六岁那年曾被金轮法王生擒，原本法王要将她献给忽必烈，既可邀功请赏，又可要挟郭靖。一路上法王发觉她聪明伶俐，心地又好，有他二徒之长，却无二徒之短，不禁十分喜爱，费尽心思要收她为徒。她跟着杨过跃入深谷之时，法王甘冒奇险试图营救。只是她鄙薄法王毒辣残忍，不愿拜师，法王才心灰意冷。法王和李莫愁是《神雕》中最大的两个反派人物，均是一见她就不自禁地喜爱，其他人物就更不用说了。

郭襄对杨过由崇拜到倾慕，再到终身思恋。她以未嫁之身开创峨嵋派，为弟子取名风陵师太，以纪念第一次见到杨过的地点。杨过待她也与众不同。程英、陆无双、公孙绿萼等皆属意杨过，杨过心知肚明，但从未有任何特殊的表示。杨过对她却有双重的特殊表示：一是给了她三枚金针。凭着每一枚金针,她可以相求一事,杨过无有不允。二是在她十六岁生日那天送了三件礼物。第一件是全歼蒙古大军先锋两千人;第二件是烧了蒙古二十万大军的粮草;第三件是将被霍都劫走的丐帮至宝打狗棒交还并让达尔巴清理门户。金庸小说中从来没有哪位女性收到过这么有分量的生日礼物。这无异于在天下数千名英雄面前向她表达情意。除了小龙女,她是杨过最喜欢的女子。

郭襄开宗立派后自创了峨嵋九阳功、峨嵋剑法、金顶绵掌、飘雪穿云掌、截手九式、佛光普照、四象掌等高深武功。在女性人物中,林朝英和郭襄是最杰出的两位武学大宗师。

诗曰:

天涯思君不可忘,三桩寿礼情意长。

郭二姑娘人尽爱,峨嵋金顶耀光芒。

地暴星丧门神鲍旭——灭绝

匹配度★★★★★

灭绝师太生性残暴，故以"地暴星"属之。"灭绝"的名号和"丧门神"的绰号也非常匹配。两人都用剑，都嗜杀。

灭绝人如其名。在六大派围攻光明顶之役中，明教锐金旗已经丧失抵抗能力，殷梨亭觉得胜之不武，招呼昆仑、峨嵋、华山、崆峒诸派人众退后，让锐金旗投降。诸派人员纷纷后退，她"却恨极了魔教，兀自挥剑狂杀。倚天剑剑锋到处，剑折刀断，肢残头飞"，"倚天剑实在太过锋锐，她剑招又是凌厉之极，青霜到处，所向披靡，霎时之间，又有七八人丧于剑下"，"灭绝师太愈益愤怒，刷刷刷三剑，又斩下三名教众的手臂"。[①] 以一派掌门之尊，手执神兵利刃，残杀手无寸铁之人，实是令人不齿的下三滥行径。

灭绝痛恨明教，乃因其师兄孤鸿子与杨逍比武惨败后活活气死。孤鸿子非杨逍所杀，她却痛恨杨逍，连带痛恨明教所有人，实属无理取闹、胡搅蛮缠。她得知纪晓芙与杨逍之事后，对纪说："你失身于他，回护彭和尚，得罪丁师姐，瞒骗师父，私养孩儿……这一切我全不计较，我差你去做一件事，大功告成之后，你回来峨嵋，我便将衣钵和倚天剑都传了于你，立你为本派掌门的继承人。"[②] 这一件事便是让纪杀掉杨逍。这说明灭绝将个人恩怨凌驾于峨嵋派之上，实在是不明是非，

---

① 见《倚天》第十八回。
② 见《倚天》第十三回。

倒行逆施。

灭绝不仅对敌人残暴，对违逆其意的自己人也毫不留情。纪晓芙便因不肯杀害杨逍，被她一掌拍死。在万安塔上，若非她功力全失，身陷绝境，没有其他弟子可供嘱托，周芷若估计也没命了。她自己留下一个对明教宁折不弯的美名，却让弟子利用美色去和明教教主虚与委蛇。她生平未见侠义之举，不曾为天下百姓行过一善，却对周芷若大言不惭："我辈一生学武，所为何事？芷若，我是为天下的百姓求你。"[1] 不过是一个口是心非的伪君子。

灭绝唯一的可取之处是刚烈、硬气，一生痛恨明教，便绝不受明教的恩惠。宁肯活活摔死，也不要张无忌相救。

诗曰：

倚天长剑飞寒芒，挟私泄愤杀人狂。

口是心非伪君子，稍稍可取性刚强。

---

[1] 见《倚天》第二十七回。

地默星混世魔王樊瑞——范遥

匹配度★★★★★

范遥卧底汝阳王府期间，冒充哑巴，把沉默进行到底，故以"地默星"属之。早年他在江湖上与杨逍合称"逍遥二仙"，自然是逍遥混世的高手。明教被所谓的名门正派称为"魔教"，范遥在教内身居高位，且邪性甚重，"魔王"二字也当之无愧。

当年阳顶天不知所终，明教四分五裂。范遥无意争夺教主之位，亦不愿卷入旋涡，便乔装后到处漫游。无意中发现成昆投入了汝阳王府，合谋颠覆明教。他几次暗算成昆未能得手，咬牙毁掉自己俊美的容貌，冒充哑巴头陀，投到西域花剌子模。后以色目武士的身份被花剌子模送到汝阳王府效力，从此潜伏下来。在万安寺见到张无忌后，找机会与张比剑试掌，对张衷心拜服。嗣后设计救出困在万安寺的六大派高手，双方捐弃前嫌，他也结束卧底生涯，回归明教。整个潜伏过程他苦心孤诣，智谋深沉，忍辱负重，令人叹服。

范遥行事随心所欲，但教义所当为，也根本不拘小节，不把旁人的性命放在心上。为了让汝阳王府相信他与明教有深仇，在闹市亲手格毙明教三名香主。他很反感灭绝的做派，在营救过程中，刻意散播谣言，声称他和灭绝是老情人，周芷若是他俩的私生女，气得灭绝七窍生烟，他在一旁幸灾乐祸。"十香软筋散"的毒药和解药难以区分，他却认为很简单："找一个华山派或崆峒派的小脚色来试上一试，哪一种药整死了他，便是毒药了。"①

　　范遥早年迷恋黛绮丝，但黛绮丝嫁给了韩千叶。后来夫妻二人中毒找胡青牛医治，韩千叶无药可治，黛绮丝可凭内功自愈，下毒之人"是蒙古人手下的一个西域哑巴头陀"②。由此来看，下毒者便是范遥。因嫉妒而向情敌下毒，乃阴险小人之所为。

　　范遥的武功招数繁复，有时门户正大，有时诡秘古怪，堪称正邪兼修，渊博无比。尤以剑法绝佳，在《倚天》中仅次于张三丰和张无忌。赵敏的武艺主要由他所传。

　　金庸小说中的潜伏者要么受人指使（如劳德诺、风际中），要么自身陷入窘境躲避追索（如霍都），为了心中大义主动投入敌营的只有冯默风、范遥等二三人。为了主动潜伏而不惜自残者，似乎只有范遥一人。

　　诗曰：

　　俊貌玉面甘毁伤，百尺高塔任回翔。

　　随心所欲不拘格，因妒杀人似虎狼。

---

① 见《倚天》第二十六回。
② 见《倚天》第十三回。

地狯星毛头星孔明——杨康

匹配度★★★★★

杨康认贼作父，欺师灭祖，作恶多端，极为狯狂，故以"地狯星"属之。他一个武功不高的毛头小子，居然去招惹众多高手，与"毛头星"的绰号契合。孔明兄弟与本乡一个财主发生争执，竟将财主满门良贱全部杀死，其恶棍的品性与杨康类似。

杨康的最大特点是不顾伦常，肆意妄为。他"知道母亲心慈，便把好好一只兔子折断腿骨，要她医治，好教她无心理会自己干的坏事，对亲生母亲尚且如此玩弄权谋，心地之坏，真是无以复加了"[①]。包惜弱和丘处机都当面指认杨铁心是他亲生父亲，但他贪恋荣华富贵，依旧认贼作父。丘处机传授其武艺十余年，他却编造谣言嫁祸给全真七子。他想拜欧阳锋为师，却先将其子杀掉。见到王处一，只称道长，不称师叔。郭靖是其结拜义兄，他却欲除之而后快。他早知自己是汉人，却一直热衷于当金国的小王爷，并帮助金国对付汉家王朝。如此天地君亲师五大伦常全然不顾的人物，在金庸小说中也算独一份了。

不自量力是杨康的另一大特点，东邪、西毒、北丐、裘千仞、郭靖等绝顶高手都敢招惹。他在桃花岛杀死江南七怪中的韩宝驹，并且嫁祸给黄药师，这就同时得罪了东邪和郭靖。他杀死欧阳克，把自己搞成了西毒不共戴天的仇人。他散播洪七公被黄药师和全真七子联手杀害的谣

---

① 见《射雕》第九回。

言，妄图登上丐帮帮主之位，一口气得罪东邪、北丐和全真派。他将裘千仞误认为裘千丈，刻意挑衅，结果被秒杀。他多次伤害和陷害靖蓉，最终因袭击黄蓉被欧阳锋残留在软猬甲上的剧毒毒死。死后被一群乌鸦啄食尸身，所有的乌鸦也全都同他一样中毒而死。以他的武功招惹这么多高手，至此才丧命，已经算奇迹了。

杨康唯一的优点是感情专一。他参加穆念慈比武招亲，本是觉得好玩，比完之后浑没将她放在心上，还打算花言巧语欺骗她；之后发觉她一往情深，遂深受感动，逐渐开始回应这段感情。穆念慈正直义烈、是非分明，忠于民族道义，虽然深爱着他，却从不和他同流合污。杨康那些见不得人的事多是瞒着她干的。

诗曰：
罔顾伦常肆意为，螳臂当车死较迟。
一往情深深几许？道虽不洽两心知。

地狂星独火星孔亮——李莫愁

匹配度★★★★★

孔亮名号及特点	李莫愁特点
狂	因妒成狂
独	孤独一生
火	葬身火海
一言不合灭财主满门	仅因一户人家与情敌同姓,便将其灭门
顶上头巾鱼尾赤	绰号"赤练仙子"
不近女色	守身如玉

如果要从金庸小说中选一部着重描写男女之情的"情书",《神雕》应该是最合适的。杨过是男主中唯一的情侠,小龙女自然也是女主中的情侠。除了男女主,还有一些人物的情感也可以称为正格,如郭靖与黄蓉、武敦儒与耶律燕、武修文与完颜萍、耶律齐与郭芙、武三通与武三娘、陆展元与何沅君等。同时也有一些畸形的变格,如李莫愁对陆展元、武三通对何沅君、公孙止对裘千尺、郭芙对杨过、公孙止对小龙女等。其中李莫愁给人印象最深,她是构成这部"情书"的关键人物。

李莫愁的一生是为情所困、因妒成狂、滥杀无辜的一生。她与陆展元有过一段短暂的恋情,后陆展元移情于何沅君。她大受刺激,本欲在陆、何二人的婚礼上闹事,却被大理天龙寺的高僧出手镇住,不得已答应保二人十年平安。既无法找上正主,她便迁怒于素不相识之人:一何姓拳师与何沅君同姓，她杀其满门二十余口；她在沅江之上连毁数十家货栈船行，只因他们招牌上带了这个"沅"字。李莫愁还立过重誓，谁在她面前提起何沅君的名字，"不是他死就是我亡"①。十年后找上陆家，陆、何二人已死，她便将陆展元之弟陆立鼎满门屠戮殆尽。即便如此，她心中的怨毒并未减轻。她为刚出生的郭襄找奶吃，略不顺意，便在村中杀人放火。她把陆、何的骸骨分别置于华山之巅和东海之中，令二人永生永世不得聚首。她得不到所爱的人，那么全世界都是她的敌人。

李莫愁的口头禅是《摸鱼儿·雁丘词》中的一句："问世间，情是何物，直教生死相许？"出场时在唱，临死前还在唱。可惜她穷尽一生没有找到正确答案。最终她入绝情谷，中情花之毒，葬身情花丛的火海之中，实在是极有寓意、极为精彩。她残害生命无数，人人得而诛之。但不论她死在谁的手上，都不如这种死法荡气回肠、引人遐思。可笑的是，她不许别人提起何沅君的名字，她的口头禅中却赫然有一个"何"字，这又是神来之笔。"情是何物"，真情是何沅君及"何沅君们"拥有的东西，李莫愁又哪配得上拥有呢！

何红药、李莫愁、康敏、梅芳姑都是因情成狂的女性，最终都死于非命。何死于负心汉的机关，最为凄惨。李最为残暴。康最不可理喻。梅无意中将情敌的儿子培养成德艺双馨的绝世高手，最令人哭笑不得。

诗曰：

人生自是有情痴，薄幸换来遍地尸。

问世间情是何物？直教人生死以随。

---

① 见《神雕》第二回。

地飞星八臂哪吒项充——赵半山

匹配度★★★★★

赵半山擅长飞刀、飞蝗石、袖箭、铁莲子、甩手箭、钢镖、金钱镖、菩提子、背弩、蛇头锥等诸般暗器，与擅使飞刀的项充类似，故以"地飞星"属之。他"千手如来"（又称"千臂如来"）的绰号在字面上也与项充的"八臂哪吒"如出一辙。"千手"指其收发暗器如有千手一般，令人眼花缭乱，目不暇接。"如来"指其与人为善，心慈手软。他不仅擅使各类暗器，还创制出两种独门暗器：一是回龙璧，发出后打中对手自然好，打不中也能自动飞回。二是飞燕银梭，这是一种子母暗器，发出的银梭飞到对手近旁，燕尾跌落，梭中弹簧机栝弹动燕头，银梭突然在空中转弯，激射对方，实是防不胜防。张召重此等高手，也被飞燕银梭一击而中。

红花会群雄在《飞狐》中多为过场人物，唯有赵半山给足了戏份。广平府太极门陈禹趁师叔吕希贤卧病，闯入吕府逼问本门口诀。吕不屈，陈一剑刺死其幼子。吕抱病与陈拼命，被陈使"云手"拖得力尽而亡。其长女求掌门孙刚峰替父弟报仇。孙自知非陈敌手，写下血书并自砍双手，让她送给赵半山。赵半山生平最恨行事歹毒、卑鄙无耻的小人，遇此不平之惨事，岂能坐视！他追奔数月，万里迢迢从回疆赶到广平府，再从广平赶到北京，又从北京南下山东，终于在商家堡堵住了陈。他用太极拳本门功夫废掉陈的武功，最后陈被烫死在烧热的铁门之上。

赵半山发现少年胡斐颇具侠义心肠，又是学武的良才美质，心下喜爱，便借向陈禹传授口诀的机会点拨胡斐。经此一番指点，胡斐日后始得成为一代武学高手。只是如此传授功诀，在武林中也可说是别出心裁了。胡斐一生没有拜师，武学方面只受过他和苗人凤的点拨。苗人凤点拨胡之时，胡已是一流高手，因此苗是锦上添花。赵半山点拨胡之时，胡方十二三岁，正是打根基的时候，因此他是雪中送炭。他还告诉胡斐："一个人所以学武，若不能卫国御侮，也当行侠仗义，济危扶困。"[①] 胡斐成长为一代真侠，其侠义精神和武学造诣都受到赵半山的巨大影响。

《书剑》中的赵半山形象并不鲜明，只是一个以暗器见长的武学高手。到了《飞狐》，赵半山才成为真正侠艺双馨的人物。

诗曰：
回龙璧与飞燕梭，如来千手赵三哥。
万里追奔穷数月，江湖侠骨古来多。

---

① 见《飞狐》第四章。

地走星飞天大圣李衮——韦一笑

匹配度★★★★★

韦一笑轻功绝顶，有飞天遁地之能，故以"地走星飞天大圣"属之。其绰号"青翼蝠王"之"翼"亦是就其轻功而言。他每次出场大都有精彩描写，如要优中选优，那么首次登场戏耍峨嵋派、在武当山任由高手拍击脑门、在万安寺恐吓赵敏应可上榜。

要论金庸小说人物的首次登场，韦一笑是极有特色的一位。他的出场分三天完成：头两天晚上未见其人，只闻其声，用忽远忽近、忽东忽西的驼铃声骚扰峨嵋派众人；第三天早晨无声无息地混入人群，呼呼大睡，被发现后瞬间咬死一名峨嵋弟子，横抱着尸体飞奔。灭绝用尽全力仍追赶不上，他将尸体掷还给灭绝，"哈哈长笑，说道：'六大派围剿光明顶，只怕没这么容易吧！'说着向北疾驰。他初时和灭绝师太追逐时脚下沙尘不惊，这时却踢得黄沙飞扬，一路滚滚而北，声势威猛，宛如一条数十丈的大黄龙，登时将他背影遮住了"[①]。这一段描写先声夺人，让人不自禁地期待此人的下一次出场。

在武当山时，韦一笑正与赵敏手下一位高手对掌，被说不得掷进的布袋干扰了一下。他欺到那人身后拍了一记"寒冰绵掌"，那人随即转身奋力往他头顶拍落。他竟然不避不让，任由对方拍击。但那人掌到中途，手臂便已酸软无力。他一生行事稀奇古怪，越是旁人不敢为、不肯

[①] 见《倚天》第十七回。

为、不屑为之事，他越是干得兴高采烈。他乘那人分心之际出掌偷袭，本有点不够光明正大，可是跟着便以脑门坦然受对方掌击，却又光明正大过了头，实是胆大妄为、视生死如儿戏。

在万安寺时，赵敏以毁容逼迫周芷若投降，韦一笑以绝顶轻功回敬赵敏，威胁她双倍奉还。他几句话说得平平淡淡，但人人均知绝非空言恫吓。眼见赵敏白里泛红、嫩若凝脂的脸上，被他的污手抹上了几道黑印，倘若他手中拿着短刀，她的脸颊早就损毁了。这般来去如电，似鬼似魅的身法，确是再强的高手也防他不了，即令是张无忌，也是自愧不如。倘若长途竞走，张无忌当可以内力取胜，但在庭除廊庑之间，如此趋退若神，当真天下只此一人而已。

诗曰：

青翼出没一笑飚，任殴头顶甚荒唐。

若神趋退庭除际，天下轻功第一强！

地巧星玉臂匠金大坚——殷素素

匹配度★★★★

殷素素能琴能歌，能书能画，能缝能补，是个心灵手巧的姑娘，故以"地巧星"属之。《倚天》第五回回目"皓臂似玉梅花妆"便是指殷素素，这与金大坚的绰号"玉臂"契合。

殷素素是《倚天》第一册（前十回）的女主，时而温柔可喜，时而阴险凶残，时而轻嗔薄怒，时而杀伐决断，是一个令人又爱又恨塑造得非常成功的艺术形象。她冰雪聪明，与张翠山一见钟情，两人在一起时，她会迁就对方，收敛起自己的邪性。张明知与她正邪有别，但无法抗拒她的魅力，越陷越深而无法自拔。如果不是谢逊这个强敌撮合，如果不是漂流到冰火岛，两人姻缘难谐。他们回归中土后，很快便双双自杀。她在殉情之前回归了邪性，先是让张无忌把仇人一个个记住，再假意把屠龙刀的下落告诉空闻方丈，引起武林纷争，最后告知无忌："你长大了之后，要提防女人骗你，越是好看的女人，越会骗人。""你瞧你妈……多会骗人！"[①] 展现了她最后的自信与倔强。

殷素素和张翠山头两次见面，她刁蛮任性而又情窦初开，他不断提醒自己要与她保持距离可是偏偏舍不得离开。这是《倚天》中描写爱情的最美好的一段文字，张无忌和四女相处的文字均相形见绌。殷素素与张翠山初次相见于杭州西湖的夜色之下，她一言不发，抚琴而歌曰：

---

① 见《倚天》第十回。

"今夕兴尽,来宵悠悠。六和塔下,垂柳扁舟。彼君子兮,宁当来游?"其歌声和形貌便在他心中挥之不去。次晚在钱塘江的舟中见面,他觉得她清丽不可方物,不由得自惭形秽,上了船又离开,离开又不舍,一人一舟并肩沿江而下。她在道别之后又告知自己姓殷,他急于打听俞岱岩和龙门镖局之事,遂第二次上船。他发现她左臂中了喂毒的暗器,甚是关切。说起镖局之事,起了口角,他欲第二次离去,又牵挂其伤势。继续口角之下,她愤而将暗器拍得入肉更深,他只好认错,并为她逼出暗器。后提及次日王盘山岛之事,她认为与他无关,他却以此事可能与她受伤有关,坚持同去。整个过程一个欲擒故纵,一个欲去还休,两人都希望多相处一刻,但又都比较矜持。若即若离、旖旎缥缈之间,煞是动人。

诗曰:
皓臂似玉梅花妆,欲擒故纵逗张郎。
双脚踏回中土地,殉情未害嘱儿忙。

地明星铁笛仙马麟——余鱼同

匹配度★★★★

余鱼同告别自己的畸形恋情，回归感情的正道，算是情感层面的弃暗投明，故以"地明星"属之。他的绰号是"金笛秀才"，擅长吹笛和使笛，与马麟的绰号和特长契合。他是《书剑》给人印象较深的一个配角，塑造得很成功。

余鱼同经历了自我→舍我→无我的心路历程。他乃江南望族子弟，中过秀才，因被人陷害，家败父亡。后得遇机缘，拜武当派马真为师，学得一身武艺，回乡刺死仇人，从此亡命江湖，入了红花会。初亮相的他长身玉立，眉清目秀，是个才貌俱佳、文武双全的人物，这样的少年难免风流自赏。他自认为与四嫂骆冰年貌相当，曾经因这不伦的单恋自残身体，还做出了拥吻骆冰的出格行为。被骆冰严词申斥后，深自羞惭，痛感对不起文泰来。为了赎罪，余鱼同三番四次舍生忘我地营救文泰来，最后一次营救中，他在千钧一发之际和身扑熄了火药药引，使红花会群豪最终救出文泰来，他却因此不幸毁容。李沅芷对他一往情深，不因他毁容而变心，但他却无动于衷。后因李沅芷数次救援，又帮助他为恩师报仇，在红花会群雄的撮合之下，余鱼同才勉强答应婚事。直到李沅芷身受重伤，神志迷糊，他才大起怜惜之心，逐渐接受了李沅芷。

余鱼同的笛子可作乐器，可作兵器，还可助战。陈家洛特意和着他吹奏的"十面埋伏"，与张召重展开最后一仗："余鱼同越吹越急，只听笛中铁骑奔腾，金鼓齐鸣，一片横戈跃马之声。陈家洛的拳法初时还感生疏滞涩,这时越来越顺,到后来犹如行云流水,进退趋止,莫不中节……忽然间笛声突然拔高,犹如一个流星飞入半空,轻轻一爆,漫天花雨,笛声紧处,张召重一声急叫,右腕已被双指点中,宝剑脱手。"①陈顺利战胜张,他的笛声功不可没。

《飞狐》中,余鱼同的笛声再次响起,这次不再是杀伐之音,而是缠绵温柔之曲。这悠缓凄凉的笛声中,马春花临终前见到了由陈家洛冒充的福康安,胡斐想起了那个骑在白马上的紫衫姑娘,无尘道长想到了那个美丽而又狠心的官家小姐。那么余鱼同和陈家洛又想到了谁呢……

诗曰:

恋慕人妻义嫂惊,舍生忘我救尊兄。

金风野店书生笛,悠缓凄凉未了情。

---

① 见《书剑》第十八回。

地进星出洞蛟童威——周芷若

匹配度★★★★

周芷若从离开灵蛇岛到屠狮大会,武功突飞猛进,连张无忌都百思不得其解:"不到一年时间,何以内力武功进展如此迅速?"① 故以"地进星"属之。之所以如此,乃因她遵从灭绝师太的遗愿,在灵蛇岛上夺得屠龙刀和倚天剑后,以刀剑互斫,取出藏在剑中的《九阴真经》速成法门,勤加练习所致。"出洞蛟"指童威做的是水上的营生,周芷若之父是汉水船夫,也做水上营生。童威真正的志同道合者并非宋江,周芷若的志同道合者也不是张无忌。张在她面前流露出归隐之念,她明确回应:"就算你能隐居山林,我却没这福气呢。"②

周芷若在《倚天》四女中占据了几个"最":第一,出场最早。书中完整展现了她的成长史和转变史。第二,认识张无忌最早。当她与张无忌在六大派围攻光明顶之役中第二次相遇并相认之后,大多数读者都认为她是女主。第三,武功最高。在屠狮英雄会上夺得"武功天下第一"的称号是她一生成就的顶峰。她的特点是招式凌厉、身法奇快。她在婚礼上负气离开时,轻功之佳,竟似不下于韦一笑。这是《倚天》中仅有的轻功能与韦相提并论的高手。她伏击赵敏时与张无忌交手三招,张事后回思,觉得惊心动魄之处远过于单挑少林三渡。第四,野心最大。她可不仅仅满足于峨嵋派掌门而已。韩林儿说她将来可以当皇后,

---

① 见《倚天》第三十六回。
② 见《倚天》第三十四回。

她显得不胜之喜。张无忌斩钉截铁地拒绝当皇帝,她脸色立变。第五,性格转变最剧烈。她人生的转折点是成为峨嵋派掌门之时,同时灭绝还要求她取得倚天剑和屠龙刀,并把刀剑中的秘密告诉她。在此之前她的性格温柔和顺,此后因自身野心和灭绝遗命而变得冷峻果决。灭绝自尽后,她从张无忌手中接过灭绝的尸身,"向张无忌一眼也不瞧,便向寺外走去"①。这是一个标志性的细节,代表她要与原来的自己告别。张无忌在婚礼上舍她随赵敏而去,加剧了这种转变。至于心计,她本不缺乏,只是原来用以行善,后来用以为恶而已。

金庸小说中二女一男或多女一男的恋爱模式是常态,十三位男主中仅虚竹一人例外。其他十二位男主身边的女性大体上相安无事,明显的例外是周芷若和赵敏。赵敏在万安寺欲动手令周芷若毁容,被张无忌和韦一笑阻拦;周芷若与张无忌的婚礼被赵敏打断,周芷若大怒之下将赵敏抓成重伤;周芷若在少室山下伏击赵敏,欲致其死命,被张无忌阻拦。如此性命相搏、血光四溅的二女争夫,在金庸小说男主的经历中独一无二。

诗曰:
新妇素手裂红裳,天下英雄莫能当。
万安寺塔承遗命,秘籍兵书此中藏。

---

① 见《倚天》第二十七回。

地退星翻江蜃童猛——慕容博

匹配度★★★★★

慕容博为运筹兴复大业，刻意退居幕后，故以"地退星"属之。"翻江蜃"指童猛做的是水上的营生，慕容博的居所参合庄也位于水边。北朝时期的"参合陂之战"被慕容世家引以为耻，故此庄建成时起名"参合"，意在励志雪耻。慕容博处心积虑引得武林翻江倒海，也与"翻江蜃"的绰号相合。最终童猛离开了梁山队伍，慕容博也退出江湖。慕容博还是"天龙八部"中的阿修罗之一（详本书附录）。

慕容博是《天龙》第一大反派和最大阴谋家，所起的作用有点类似《倚天》中的成昆，但其野心比成昆更大：成昆只是一心覆灭明教，附带称霸武林；慕容博却想光复大燕，自己当皇帝并称霸天下。因慕容家族人丁不旺，无法正面地与各方势力交锋，他便采取造谣生事、挑拨离间、瞒天过海、故布疑阵、栽赃嫁祸、借刀杀人等卑劣手段，将大宋、大辽、吐蕃、大理等数国的武林精英乃至皇族权贵玩弄于股掌之间。他在三十年前讹称契丹武士意欲夺取少林武学宝典，引发大宋武林十七名高手丧生的雁门关血战，并间接害死萧峰生母及其族人。以诈死逃避玄慈方丈追责后，利用鸠摩智在武林中兴风作浪，并杀死河北骆氏三雄、山东章虚道人、青城派司马卫、五虎断门刀秦伯起、伏牛派柯百岁、少林寺玄悲大师等武林名宿，意图挑起江湖纷争。少林寺英雄大会时，因慕容复输给段誉后欲拔剑自杀，他现身相救并亮明身份，这才露出庐山真面目。其后慕容父子与萧氏父子相遇，双方正欲血拼，遭扫地僧点化，大彻大悟，从此遁入空门，不再过问世间恩怨。

由于慕容博造谣，萧峰的人生从一开始就发生了天翻地覆的大变故。由于慕容博利用鸠摩智，后者急于获得《六脉神剑经》和还施水阁中的武功秘籍，万里迢迢将段誉从大理挟持至姑苏，才有了段誉遇见王语嫣及以后的故事。由于慕容博从小向慕容复灌输兴复大燕的观念，使得慕容复执着于此，最终走火入魔成了疯子。《天龙》中几个重要人物的人生轨迹因慕容博而彻底改变。他还是王语嫣的姑丈、阿朱的主家家长，与这两位女主关系匪浅。因此，他虽然退居幕后，却是极其重要的人物。

诗曰：
退而为进酿阴谋，卅载隐身秘籍楼。
以彼道还施于彼，一梦南柯断送休！

地满星玉幡竿孟康——任盈盈

匹配度★★★★

任盈盈的结局琴瑟和谐，姻缘美满，故以"地满星"属之。天满星乃令狐冲良师，地满星乃令狐冲爱侣，也是一种圆满。"玉幡竿"原指孟康肤色白净，令狐冲第一次见到盈盈的本来面目，"只见她肌肤白得犹如透明一般，隐隐透出来一层晕红"[①]，此处也契合这个绰号。

盈盈的圆满来自于她的大幸运、大智慧和大勇气。东方不败经常抱着幼时的她在黑木崖上到处游玩，后来东方不败篡夺了任我行的教主之位，盈盈在日月神教中的地位不降反升。东方不败亲口对她说："我一直很羡慕你。一个人生而为女子，已比臭男子幸运百倍，何况你这般千娇百媚，青春年少。我若能和你易地而处，别说是日月神教的教主，就算是皇帝老子，我也不做。"[②] 东方不败自宫之前喜爱她并不奇怪，自宫后他杀光小妾，爱上男子汉，对她却一如既往，不能不说是一种大幸运。

盈盈没有政治野心，但并不意味她没有政治智慧，她很懂得如何对下属恩威并施。她每年向东方不败讨要三尸脑神丹的解药给群雄，因此老头子、祖千秋、计无施、蓝凤凰等一众豪杰对她一方面感恩戴德，另一方面无有不遵。黑木崖闺房之战，四大高手无法战胜东方不败，她便及时使出围魏救赵的谋略，一举逆转局势。除了政治智慧，她还具备女

[①] 见《笑傲》第十七回。
[②] 见《笑傲》第三十一回。

性中罕见的情感智慧。她明知道令狐冲心中还爱着岳灵珊，却从不因此与令狐冲闹别扭，更不会利用自己"圣姑"的地位去伤害岳灵珊。恰恰相反，她还帮着令狐冲一起保护、救助岳灵珊。她的智慧和格局使得令狐冲对她的感情越来越深，进而超过岳灵珊。在思过崖山洞的混战中，令狐冲身临险境时想到的是能跟她死在一起此生无憾，而不是可以追随岳灵珊于地下。

盈盈虽然矜持腼腆，却不乏大勇气。令狐冲身负重伤，只有少林寺的《易筋经》能够救他。盈盈之前曾杀过四名少林弟子，明知自己到少林寺便是自投罗网，要么送掉性命，要么失去自由，却仍然义无反顾地背着令狐冲进了少林寺。她当时明知自己在令狐冲心中的地位还不及岳灵珊，一旦此事传开来，江湖上人人皆知她单恋一个心里爱着其他女子的男人。这对于一个脸皮特别薄的姑娘，本身又是江湖上人人敬畏的"圣姑"来说，需要多么大的勇气啊！

诗曰：
黑木崖间有圣姑，闺房大战以谋诛。
智勇皆能兼幸运，琴箫共谱傲江湖。

地遂星通臂猿侯健——穆人清

匹配度★★★★

穆人清的一生总体顺遂，故以"地遂星"属之。他绰号"神剑仙猿"，与侯健"通臂猿"绰号契合。他是《碧血》中无可争议的武学第一人，拳法剑术内功皆为当世第一。鉴于《书剑》中没有明确的武学第一人（袁士霄、阿凡提、天虹禅师未分高下），他便成了金庸笔下最早的武学第一人。

穆人清二十余年未逢对手，武功举世无双，在江湖中行侠仗义却不留姓名，所收弟子个个成材。木桑道人和夏雪宜于他而言，一个是至交好友，一个是仅闻其名，都对他推崇备至。他似乎是一个找不到"槽点"的人物，其实不然。华山派最大的问题貌似出在归辛树这一支：归辛树夫妇门规不严、偏听偏信、一味护短，致使门下弟子蛮横无理、滥伤无辜，而且其门下弟子违反门规者不是个例。穆人清得知事件始末后，仅削断孙仲君一根小指头并禁止其再用剑，完全是避重就轻。如果他从严治理门户，归辛树须面壁思过一年，现有徒弟交由黄真代管，且五年内不得新收徒弟；孙仲君必须废去华山派武功，逐出师门；梅剑和必须断指禁剑。从他对此事的处理来看，归辛树这一支门风不严，正是穆人清自身问题的延伸和扩大。

《碧血》《倚天》《笑傲》中都述及华山派。穆人清乃华山派掌门，《碧血》正是华山派的全盛时代，堪称一家独大。夏雪宜和玉真子死后，华山派的穆人清、归辛树、袁承志可以包揽当世武功前三名，金庸小说中再也没有第二个门派做到过这一点。《倚天》中的六大派可分为三档：第一档少林、武当；第二档峨嵋、昆仑；第三档崆峒、华山。华山派掌门人鲜于通为人奸诈狠毒，道德败坏，玩弄女性，简直是正派之耻。《倚天》是华山派的低谷期。《笑傲》中的华山派良莠不齐，既有风清扬、令狐冲这样的君子加高手，也有岳不群这样阴险狡诈的伪君子，还有丛不弃这样卑鄙龌龊的小人。

盘点十三位男主的武功门派：陈家洛、胡斐、狄云没有明确的门派，袁承志属华山派，杨过主要属古墓派，虚竹属逍遥派，令狐冲属华山派，韦小宝属铁剑门，郭靖兼属全真派和丐帮，张无忌兼属武当派和明教，石破天兼属金乌派和侠客岛，萧峰兼属少林派和丐帮，段誉兼属逍遥派和大理段氏。可见华山派是最受重视的门派之一。

诗曰：
此生顺遂第一人，拳剑内功皆若神。
一门包揽前三甲，唯有华山谁复论！

地周星跳涧虎陈达——无崖子

匹配度★★★★

无崖子学究天人，周知世上诸般技艺与学问，故以"地周星"属之。他曾被逆徒丁春秋打落深谷，算是有过被动"跳涧"的经历，这也成为他人生的一个转折点。此后三十年间，他一边诈死，一边在寻觅一个聪明而又忠心的徒儿，欲将毕生武学传授之，并派其去诛灭丁春秋。可惜机缘难逢，始终难以如愿。他眼看自己天年将尽，再也等不了，便将当年摆下的珍珑棋局公布于世，以便寻觅才俊。虚竹误打误撞，解开了珍珑棋局。他便把七十余年功力全部注入虚竹体内，并将逍遥派掌门之位传给了虚竹，自己也因散功死去。无崖子还是"天龙八部"中的夜叉之一（详本书附录）。

无崖子出场时间极短，但是非常重要。虚竹拥有逍遥派三大高手的功力，童姥和李秋水乃是拼斗过程中无意中将功力注入虚竹体内，无崖子是主动散功给虚竹。段誉在琅嬛福地所学北冥神功和凌波微步，其典籍是无崖子存放在那里的。因此虚竹和段誉都是他的传人。他总共收了三个徒弟，除虚竹外，丁春秋专学其武功、不务杂学，苏星河多务杂学、武功便不及丁春秋。苏星河所学便有琴、棋、书、画、医、匠、花、戏和五行八卦、土木机关、奇门遁甲等。此外，无崖子还是一代雕刻圣手，他在琅嬛福地中雕成的那尊玉像栩栩如生、仪态万方、巧夺天工，最不可思议的是玉像的眼睛神采飞扬、与人通感、神光变幻、难以捉摸。数十年后段誉见到玉像，整个人"神驰目眩，竟如着魔中邪，眼光再也离不开玉像"①。后来段誉痴迷王语嫣，很大一部分原因是她貌似玉像。可以说，无崖子是金庸小说中学问最广博、才艺最丰赡的人物之一。

无崖子的情感经历非常特殊。他的师姐天山童姥和师妹李秋水都倾心于他，师姐妹为此相争数十载，一直到死都无法解脱。他原先属意于李，并与其生有一女，便是王语嫣的母亲。不料后来他爱上了李年仅十一岁的小妹，这份感情难以启齿，他便将情感寄托在那尊玉像之中，后来还为李小妹画了一幅画像。

无崖子成也博学，败也博学。如果他不是武学高手，便不会收下丁春秋这样的徒弟。如果他不周知诸般学问，便不会在确定继承人时考察杂学，那么丁春秋就不会因继承无望而起弑师之念，苏星河也不会因分心杂学而无力对付丁春秋。临死前他总结自己的生平："当年我倘若只是学琴学棋，学书学画，不窥武学门径，这一生我就快活得多了。"②

诗曰：
周知学问必分心，玉像寄情久浸淫。
输赢成败由人算，关门弟子苦追寻。

---

① 见《天龙》第二回。
② 见《天龙》第三十一回。

地隐星白花蛇杨春——小龙女

匹配度★★★★★

小龙女长年隐居，惯于隐居，乐于隐居，故以"地隐星"属之。她喜着白衣，《倚天》卷首的《无俗念·梨花》便是赞誉她的，因此"白"与"花"均有着落了。她第一次到绝情谷时，因心爱的人姓杨，曾自称姓柳，恰好与杨春的姓氏匹配。

小龙女是金庸小说中武功最高的女主，从周伯通那里学会双手互搏之后，招式方面已不亚于五绝。她又是唯一失贞的女主，《神雕》的男女主虽然很早就认定了彼此，但人生中遇到了很多考验，其中最独特的便是"天残地缺"：男主断臂，女主失贞。金庸要刻意展现男女主出现重大缺陷以后依然不离不弃，两心如一，以强化"情书"的主题。她四次离开杨过，还是主动离开男主次数最多的女主。第一次是意外失身后，她以为是杨过所为，结果杨茫然不知所措，她伤心于杨的敢做不敢当而离开。第二次是确认杨过长期待在古墓会觉得气闷，她因不愿勉强他而离开。第三次她无意中听到杨过和武氏兄弟的对话，误认为杨过移情郭芙，又获悉当日失身于尹志平的真相，双重打击之下悲戚地离开。第四次因她中的剧毒无药可救，不愿杨过为其殉情，在断肠崖旁的石壁上用剑刻下了十六年之约后，便跳下断肠崖。道是无情还有情，《神雕》用她的四次离开巧妙衬托男女主一生不变的深情。

小龙女刚出场时给人的印象是美丽高冷，随着情节的发展，越来越觉得她是真、善、美集于一身的人物。关于真，书中多次提到她天真无邪，一生从不作伪；心中光风霁月，但觉事无不可对人言；一凭天性而为，欲爱即爱，欲喜即喜，欲悲即悲。关于善，杨过曾深恨郭芙："她将咱们害成这样，我不亲自杀了她，已是对得起她父母了。"她叹道："咱们不幸，那是命苦，让别人快快乐乐的，不很好吗？"紧接着她又道："武三叔、郭姑娘她们不知会不会遇上蒙古兵？全真教的道士们能否逃得性命？"语意之中，极是挂念。杨过道："你良心也真忒好，这些人对你不起，你仍念念不忘的挂怀。"① 关于美，她在英雄大宴上一出现，"世人常以美若天仙四字形容女子之美，但天仙究竟如何美法，谁也不知，此时一见那少女，各人心头都不自禁地涌出'美若天仙'四字来"②。金庸笔下的女子若单论容貌，除喀丝丽、黛绮丝和陈圆圆，小龙女不逊于任何一人。

诗曰：
春游浩荡梨花时，姑射真人灵秀姿。
浮光冷浸溶溶月，仙才卓荦蕊参差。③

---

① 见《神雕》第二十九回。
② 见《神雕》第十二回。
③ 此首檃栝《倚天》卷首的《无俗念·梨花》词。

地异星白面郎君郑天寿——段正淳

匹配度★★★★★

段正淳有一种非常特异的魅力，简直可以说得上是特异功能："最难得的是风流倜傥，江湖上不论黄花闺女，半老徐娘，一见他便神魂颠倒，情不自禁。"① 故以"地异星"属之。"白面"自然是指肤色白，康敏曾经"慢慢剪破了他右肩几层衣衫，露出雪白的肌肤来"②。"郎君"指段正淳是多位女子的情郎。他是"天龙八部"中的天神之一。《天龙》卷首的释名中提及天神临死前的征状中有"玉女离散"，他临死前，阮星竹、秦红梅、甘宝宝、李青萝四位情妇先后离世。他一自尽，夫人刀白凤便立即殉情。

段正淳是金庸小说中情妇最多的人物，除了正妻刀白凤，书中提到的情妇至少有五个，实际上肯定不止。萧远山在少室山上揭破虚竹身世之谜的过程中，大理诸人（包括段正淳自己）都怀疑叶二娘是否为其情妇。他虽然秉性风流，用情不专，但当和每一个女子热恋之际，却也是一片至诚，恨不得将自己的心掏出来，将肉割下来给了对方。好色却不下流，多情而又痴情，正是他的写照。他与情妇所生皆为女儿，唯一的儿子段誉是刀白凤出轨段延庆所生，也算是他到处留情的报应。

《天龙》如果换一个书名，大致可以改为"段正淳的子女们"。书中着墨前十五名人物及其与段正淳的关系依次为：段誉（养子兼女婿）、

---

① 见《天龙》第三十二回。
② 见《天龙》第二十四回。

萧峰（女婿兼义侄）、虚竹（义侄）、阿紫（女儿）、慕容复（女儿的心上人）、王语嫣（女儿）、阿朱（女儿）、段正淳、木婉清（女儿）、童姥（义侄的师伯）、游坦之（女儿的"舔狗"）、鸠摩智（养子的对头）、钟灵（女儿）、南海鳄神（养子的徒儿）、丁春秋（女儿的师父）。可见主要人物均和他有千丝万缕的联系。书中六位最重要的女性角色，有五位是他的女儿，他堪称金庸小说中的"最强岳父"。

金庸在《天龙》卷首的释名中提及"这部小说以'天龙八部'为名，写的是北宋时期云南大理国的故事"。明明还写了北宋、契丹、吐蕃、西夏、女真等故事，为什么单单只提大理呢？这就是段正淳给他的底气啊！

诗曰：
满路茶花为孰开？双眸灿灿似星来。
谁家子弟谁家院？换巢鸾凤古今哀。

地理星九尾龟陶宗旺——慕容复

匹配度★★★★

慕容复极少感情用事，王语嫣这样的绝代佳人倾心于他，他都几乎不动心，这是一个特别理性的人，故以"地理星"属之。慕容复的团队除了他自己，先后还有九人：慕容博、鸠摩智、王语嫣、邓百川、公冶乾、包不同、风波恶、阿朱、阿碧。"九尾"便有了着落。慕容父子和鸠摩智是《天龙》的三个大反派。慕容复还是"天龙八部"中的阿修罗之首（详本书附录）。

慕容博为儿子取名"复"，寄托了兴复大燕的理想。慕容复才貌出众，文武双全，与时任丐帮帮主并称"北乔峰南慕容"，成为江湖上名声显赫的青年高手，似乎他的一切都在按慕容博的规划在顺利推进。其实生在这样的家族，慕容父子都是可怜人。他们没有童年的玩伴，没有生活的乐趣，甚至感受不到爱和亲情。慕容博十五六岁时，便以指力重创擅长少林金刚指的黄眉僧，只因黄眉僧心脏长在右边，没被一指戳死，其母便对他大加责备。慕容博诈死之时连亲生儿子都要瞒过。在西夏皇宫，当慕容复被问到生平在什么地方最是快乐逍遥，他"突然间张口结舌，答不上来。他一生营营役役，不断为兴复燕国而奔走，可说从未有过什么快乐之时"[①]。再问他生平最爱之人，他居然回答没什么最爱之人。当扫地僧点出慕容博身体存在的巨大隐痛时，慕容复竟忍心不

---

① 见《天龙》第四十六回。

求施救，只想心高气傲地一走了之。慕容父子一辈子都生活在权谋欺诈之中，连亲情都被过度膨胀的欲望异化了，彻底变成了无情义无底线的小人。在西夏追逐驸马梦失败之后，慕容复甚至下作到拜声名狼藉的"恶贯满盈"段延庆为义父，再去追逐他的大理国太子梦。《天龙》最后一幕由慕容复压轴，他皇帝梦越做越深，终于神智失常，坐在一座土坟之上，对着几名索要糖果的乡下小儿南面"称帝"。旁观者觉得他可怜，但他脸上赫然流露出志得意满的神情，这是他一辈子都未曾有过的状态！

慕容复没有被爱过，所以也不懂得去爱身边的人。团队九个成员离散殆尽，落得众叛亲离的下场：慕容博遁入空门，鸠摩智武功全失后退出江湖，王语嫣归了段誉，四大家臣中的包不同被他杀死，其他三人愤而离去，阿朱归了萧峰，最后只有阿碧留下，陪着精神错乱的慕容公子。

诗曰：

北乔南慕如日中，众叛亲离谁与同？

役役营营兴复梦，到头万事俱成空。

地俊星铁扇子宋清——欧阳克

匹配度★★★★★

欧阳克神态潇洒，面目俊雅，故以"地俊星"属之。他以铁扇为兵刃，与宋清的绰号契合。宋清是宋江之弟，欧阳克是欧阳锋之子，都是书中顶尖人物的至亲。

欧阳克是个自负的享乐主义者。他自带白驼山少主的光环，本身武艺高强，罕逢对手。即使碰到五绝这样的人物，也会看在欧阳锋面上，容让他几分。欧阳锋没办法给他的儿子名分，内心难免愧疚，便在其他方面尽量予以补偿。欧阳克的衣食住行，俨然是富贵王孙的做派。他自负下陈姬妾全是天下佳丽，就是大金、大宋两国皇帝的后宫也未必能比得上。欧阳锋没有其他子息或徒弟，意味着他没有竞争对手，可以完全由着自己的性子来。他投入完颜洪烈的赵王府，一来协助欧阳锋夺取《武穆遗书》，二来不过是换个地方享乐，图个新鲜感而已。

欧阳克是金庸小说中最高调的好色之徒，不管走到哪里，身边都带着一堆美貌姬人。他也是最高阶的好色之徒，他的猎艳对象中包含了《射雕》的女一号和女二号。他人生中的两次重大挫折，便与上述猎艳经历有关。他一见黄蓉便惊为天人，誓欲得之而后快，尝试了几次后发现黄蓉根本没把他放在眼里。他也不敢对东邪的爱女轻举妄动，居然破天荒地请欧阳锋出面，上桃花岛求婚。后在明霞岛继续纠缠，被黄蓉用计压住了双腿。欧阳克对黄蓉的执着包含了两个原因：一是得不到的永远在骚动，二是觊觎桃花岛的绝学。即使他顺利得手，也不可能会停下寻花问柳的脚步。这一次挫折使他失去了两条腿。在黄蓉那里吃了一堑，并没有让他长一智，他身残志坚地继续着猎艳生涯。他并不了解穆念慈与杨康的关系，不仅调戏穆念慈，还邀请杨康同享艳福。杨康已知晓欧阳锋武功一脉单传的规矩，便乘机对他下了杀手，既能上位成为欧阳锋的传人，又能泄愤。这一次挫折使他丢了性命。

欧阳克被杀成了欧阳锋的心病。欧阳锋逆练《九阴真经》导致精神失常后，见到杨过聪明伶俐，便收其为义子。杀子仇人之子，成了义子，也算是对欧阳锋的补偿。

诗曰：
少主白驼山上来，一生见色眼方开。
断腿无妨穷猎艳，归西唯有西毒哀。

地乐星铁叫子乐和——何足道

匹配度★★★★★

何足道以琴棋剑三才艺闻名西域,号称"昆仑三圣",尤以琴乐最为特出,故以"地乐星"属之。乐和是梁山最擅长奏乐之人,何足道也不遑多让。金庸小说中刻画了很多乐器高手,余鱼同(金笛)、黄药师(玉箫)、康广陵(古琴)、莫大(胡琴)、曲洋(古琴)、刘正风(箫)、任盈盈(琴和箫)、黄钟公(七弦琴)等等,个中翘楚要算精通古琴的何足道。

何足道把传说中的琴曲《百鸟朝凤》变成了现实:"琴声之中杂有无数鸟语,初时也不注意,但细细听来,琴声竟似和鸟语互相应答,间间关关,宛转啼鸣……树木上停满了鸟雀,黄莺、杜鹃、喜鹊、八哥,还有许多不知其名的,和琴声或一问一答,或齐声和唱……琴声渐响,但愈到响处,愈是和醇,群鸟却不再发声,只听得空中振翼之声大作,东南西北各处又飞来无数雀鸟,或止歇树巅,或上下翱翔,毛羽缤纷,蔚为奇观。那琴声平和中正,隐然有王者之意。"如果说这是纯粹的琴乐,与武功无关的话,接下来他"终于显出了生平绝技,他右手弹琴,左手使剑,无法再行按弦,于是对着第五根琴弦聚气一吹,琴弦便低陷下去,竟与用手按捺一般无异,右手弹奏,琴声高下低昂,无不宛转如意"[①]。一心二用、双手互搏的绝学乃是周伯通发明的,郭靖和小龙女

---

① 见《倚天》第一回。

都学自老顽童。没想到西域昆仑也有这样的奇人，琢磨出了类似的功法，可以一手拒敌，一手抚琴，再以口吹琴弦发声，几乎要一心三用了，的确叹为观止。

《倚天》的开篇借郭襄、何足道、觉远、张君宝等人齐聚少林寺，交代后文主体故事展开前几大门派的门户大事。觉远师徒技压何足道，令何足道返回昆仑山，开创昆仑派。张君宝在少林寺私学武功，引发少林僧对火工头陀事件的回忆，引入金刚门和西域少林派。何足道露了一手划石为棋局的神功，便令少林方丈开口认输，证明火工头陀事件给少林派带来的低潮尚未结束。觉远带着郭襄和张君宝逃出少林寺，郭、张分别开创了峨嵋派和武当派。

何足道的回响出现在《倚天》第十四回，张无忌来到昆仑派所在的"三圣坳"，这个地名自然是为了纪念何足道："昆仑派自'昆仑三圣'何足道以来，历代掌门人于七八十年中花了极大力气整顿这个山坳。"

诗曰：

昆仑三圣名不虚，百鸟朝凤任卷舒。

考槃融入蒹葭曲，最好交情见面初。

地捷星花项虎龚旺——赵敏

匹配度★★★★★

"敏"和"捷"同义,"捷"又有胜利之义,《倚天》四女中赵敏最终成为爱情的胜利者,故以"地捷星"属之。书中多次强调她貌美如花。虎乃百兽之王,她出场时是郡主,统领一众武林高手。故"花项虎"的绰号也有着落。龚旺和赵敏都从男主的对立面转到男主的阵营。金庸小说中少数民族的女一号仅有两位:霍青桐和赵敏,都是文武双全、智勇兼备的巾帼英雄。

虽有"倚天四女"之说,由于小昭从空间上退出,殷离从心理上退出,竞争主要在赵敏和周芷若之间展开。周芷若认识张无忌比赵敏要早将近十年,且两人互有好感。赵敏在四女中认识张无忌最晚,而且是以张无忌敌人的身份出场。可以说,起跑的时候赵敏落后周芷若甚多,她最终胜出的原因主要有四点。

其一,勇于表白。张无忌的性格拖泥带水、黏黏糊糊,在感情方面相对被动,关系没有确定之前不太会主动表白,如果对方表白,他也不太会拒绝。化名曾阿牛期间曾鼓起勇气向殷离表白过一次,结果惨遭拒绝,之后就更不敢表白了。赵敏对待感情直来直去,不像周芷若那么矜持,勇于表白使得她与张无忌之间的感情迅速升温。

其二,勇于放弃。为了这段感情,赵敏义无反顾地放弃了很多旁人看起来非常重要的东西。如朝廷郡主的身份和地位、与父兄之间的亲情(父兄都很疼爱她)、统领一众武林高手的权力、投入敌对阵营需要放下的面子与尊严等等。周芷若不可能做到这些。

其三，勇于牺牲。赵敏在灵蛇岛上以拼命三招舍身救张无忌，尤其最后一招"天地同寿"壮烈至极。在藏有莫声谷尸身的山洞中，她为维护张无忌的名声，使出调虎离山之计，被武当四侠打入山谷。反观周芷若，除了在汉水上给张无忌喂过饭，送过手帕，还做过什么？印象最深的就是重伤过张无忌两次。

其四，飞蛾扑火。上述舍命相救的行为是在两人尚未明确关系的情况下做出的。尤其面对武当四侠时，张无忌还高度怀疑赵敏是灵蛇岛上的凶手，她当时的选择无异于飞蛾扑火。总之，赵敏为张无忌付出最多，她是最爱张无忌的那个人，她胜出天经地义。

诗曰：
灵芙醉客绿柳庄，冤蒙不白愁欲狂。
飞蛾扑火诚难得，同心爱侣画眉忙。

地速星中箭虎丁得孙——左冷禅

匹配度★★★★★

左冷禅欲迅速合并五岳剑派，他来出任总掌门，"此举早在方丈大师的意料之中，只是我们没想到左冷禅会如此性急而已"①（冲虚语），结果欲速则不达，故以"地速星"属之。他处处想暗箭伤人，却反被暗箭所伤，"中箭虎"这个绰号很适合他。丁得孙和左冷禅都死于非命。

左冷禅野心勃勃，冲虚道长就说他"要做武林中的第一人"。为了成为武林霸主，他制订了庞大而长远的规划：先当上五岳剑派盟主，再正式合并成五岳派，进一步蚕食昆仑、峨嵋、崆峒、青城诸派，然后徐图少林、武当和日月神教。针对五岳剑派的具体步骤包括：向各派安插卧底（华山派的卧底是劳德诺）；根据各派具体情况，能分化瓦解则分化之，扶持现任掌门的反对者上台；不能分化瓦解则明枪暗箭消灭之。

华山派有剑宗、气宗之分，左冷禅就怂恿被逐的剑宗传人向岳不群挑战。挑战不成，他又网罗了十几位派外高手围攻华山派，幸亏令狐冲刺瞎了十几个高手的双眼，救了华山派众人。天门道长是泰山派掌门，可上头的三位师叔觊觎掌门之位已久，左冷禅就极力拉拢三人并诱导其夺权。在并派大会上泰山派发生内讧，天门与偷袭者同归于尽，泰山派就成了并派的支持者。衡山派刘正风欲退出江湖，左冷禅派师弟费彬以刘结交魔教为名屠杀其全家。衡山派掌门莫大虽以神妙剑法击杀了费

---

① 本节所引文字均见《笑傲》第三十回。

彬，却也不敢再公开反对并派。恒山三定坚决反对并派，左冷禅派人假扮魔教教众，伏杀恒山弟子，定静力战而死。后来他们在铸剑谷围攻定闲、定逸及恒山弟子，则是由乔装斗至露出真面目，若非令狐冲出手，恒山派将被屠戮殆尽。

总之，不能暗谋，便是明攻；不能瓦解，便要消灭；不择手段，只要结果。左冷禅是为了达成目标无所不用其极的人。但他终究在心计阴谋上棋差一着，输给了岳不群。岳不群早知劳德诺是他的卧底，将计就计让劳拿走假的《辟邪剑谱》。封禅台比武争夺五岳派总掌门时，左冷禅的假辟邪剑法当然敌不过岳不群的真辟邪剑法，落得为他人作嫁衣。左冷禅惨败后并不死心，仍然笼络林平之等结成"瞎子同盟"，图谋卷土重来，最终战败自戕。他一辈子信奉和追求霸道，自己成了殉道者，也算死得其所。

诗曰：
机关算尽太聪明，算到临头误了卿。
结盟瞎子重来战，霸道终成殉道名。

地镇星小遮拦穆春——杨逍

匹配度★★★★

阳顶天失踪后，明教群龙无首，光明右使范遥远走西域，白眉鹰王殷天正自创天鹰教，地位最尊的光明左使杨逍留守光明顶总坛，虽曾与五散人内讧，但大体上还镇得住其余教众，故以"地镇星"属之。明教教主之位空缺二十余年，主要是他在维持运转。他文武双全，足智多谋，很少有事能难住他，正如他自己所说："我杨逍做不到的事，拿不到的东西，天下只怕不多。"① 这与穆春的绰号"小遮拦"契合。

"文武双全"四字，金庸小说中很多人物都当得起，但用在杨逍这里分量却轻了些。他出场时的打扮便是中年书生，曾著《明教流传中土记》一书，"但见小楷恭录，事事旁征博引"②，实际上是一部明教教史。金庸小说中撰著武功秘籍的大有人在，为本教本帮派撰写史书的，却仅他一人。此事除了显示他的文化素养，也从一个侧面证明他对明教的赤胆忠心。他费尽心思追本溯源，无疑是想为明教洗清"魔教"的恶名。他对教务最为熟悉，张无忌初任教主，留他在身边随时咨询。另外，他还足智多谋，《倚天》中最富智计的人物，如赵敏、张松溪、范遥等，在出谋划策时往往只有他能识破妙处。

杨逍是张无忌回到中土后接触的第一位明教高手，也是明教众高手中唯一救过张无忌性命的。他的武功配置甚为独特：其一，他是明教教

---

① 见《倚天》第十四回。
② 见《倚天》第二十五回。

主以外，唯一修炼过乾坤大挪移的人，这点也可见他在教中的地位。其二，他是《倚天》中唯一会使弹指神通的人。这是黄药师的独门绝技，曾先后传授给郭靖和杨过。他恰巧姓杨，是否与杨过有何瓜葛，我们不得而知。其三，他是金庸小说中掌握武功套路最多的人。郭靖和杨过是金庸着力刻画的绝顶高手，他们掌握的武功套路为三十余套，已经是男主的天花板了。杨逍在联手张无忌、殷天正对阵少林三渡时，四百招内施展了四十四套招式，令在场的诸位高手由衷叹服。

《倚天》中有三对著名的"正邪之恋"修成正果，分别是张翠山与殷素素，杨逍与纪晓芙，张无忌与赵敏。杨逍这对最为奇特：另外两对年龄相当且你情我愿，杨逍比纪晓芙年长十余岁，而且刚开始时强逼纪晓芙，但后者无怨无悔地为他生养了女儿，可见他魅力十足。

诗曰：

不悔仲子逾我墙，忠心赤胆著华章。

卅余套路无伦比，足智多谋真栋梁。

地羁星操刀鬼曹正——胡逸之

匹配度★★★★★

胡逸之自愿羁绊在陈圆圆身边二十三年，故以"地羁星"属之。他乃使刀高手，绰号"百胜刀王""美刀王"，与曹正的绰号契合。曹正是赘婿，胡逸之则赘附在陈圆圆身边。他仅在《鹿鼎》第三十三回出场两次，着墨不多，却有两点令人印象深刻：仅见的痴情和极高的刀法。尤其是前者，几乎可以坐上金庸小说的第一把交椅。

胡逸之在成都时无意中见了陈圆圆一眼，从此神魂颠倒，不能自拔。她在平西王府时，他便在王府做园丁；她去了三圣庵，他便跟着去种菜扫地、打柴挑水。他只盼早上晚间偷偷见到她一眼，便已心满意足。他怕泄露了自己武林高手的身份，平日极少说话，在她面前更是哑口无言。他把两人间说过的每一句话都记在心里：他跟她说过三十九句，她跟他说过五十五句。他还当众立誓：一生一世绝不伸一根手指头碰到她一片衣角！他谆谆教导韦小宝："你喜欢一个女子，那是要让她心里高兴。为的是她，不是为你自己。倘若她想嫁给郑公子，你就该千方百计地助她完成心愿。倘若有人要害郑公子，你为了心上人，就该全力保护郑公子，纵然送了自己性命，那也无伤大雅啊。"[①]

这样的感情，专一到了极处，痴迷到了极处，无私到了极处，纯洁到了极处。其专一和痴迷不可及，其无私和纯洁更不可及。与胡逸之这

---

① 见《鹿鼎》第三十三回。

份感情相比，段正淳的痴情显然太不专一，尹志平对小龙女的痴情显得肮脏，范遥对黛绮丝的痴情显得歹毒，宋青书对周芷若的痴情显得自私，余鱼同对骆冰的痴情显得鲁莽，田伯光对仪琳的痴情显得别扭，段誉对王语嫣的痴情显得死乞白赖，令狐冲对岳灵珊的痴情因扯袖而显得孟浪，游坦之对阿紫的痴情因吻脚而显得唐突。胡逸之是金庸小说中的第一号情圣。

吴六奇夸胡逸之刀法好，他却认为自己武功不算什么，这番深情才算难得。可见这份痴情中包含了一种自我感动的成分。他活动于顺治康熙年间，姓胡，刀法极高，不能不令人联想到飞天狐狸这个胡氏家族。飞天狐狸是李自成的护卫，自然活动于崇祯顺治年间，胡一刀和胡斐父子活动于雍正乾隆年间。从年代推算，胡逸之可能是飞天狐狸的子侄辈，是胡一刀的曾祖父或祖父辈。

诗曰：
廿年长伴美人居，去语来言九十余。
金翁笔下痴情种，论及刀王总不如。

地魔星云里金刚宋万——丁春秋

匹配度★★★★

丁春秋欺师灭祖,阴险歹毒,绰号"星宿老怪",实乃妖魔鬼怪之属,以其为首的星宿派更是群魔乱舞。《天龙》第四十二回回目便以"老魔"指称丁春秋,故以"地魔星"属之。"云里金刚"本指宋万身材高大,丁春秋"身形魁伟"[①],与之正相仿佛。他还是"天龙八部"中的夜叉之一(详本书附录)。《天龙》三大男主对应了五大反派,丁春秋是虚竹故事中的主要反派。

丁春秋是个彻头彻尾的恶棍。其他著名的反派人物至少还有一二可取之处,如欧阳锋对欧阳克和杨过的舐犊之情,金轮法王对郭襄的善念,成昆对师妹的深情,慕容博、鸠摩智大彻大悟,段延庆停止作恶,左冷禅对劳德诺的宽容,岳不群早期温馨的家庭氛围等等。丁春秋在人性方面没有任何闪光点,他完全没有道德、良心、情感、信仰、理想,只有极端的自私、阴险、残忍、贪婪、无耻、无情,他从不在乎别人的感受或利益,只在乎自己的得失。

丁春秋是逍遥派掌门无崖子的徒弟,他因继任掌门无望,偷袭重伤无崖子,此后自立门户。他在逍遥派并未学到最上乘的武功,北冥神功、凌波微步、天山六阳掌、逍遥折梅手、小无相功等均未蒙传授。丁春秋叛师后因其阴毒的性格自创了不少毒功,令江湖人士谈虎色变。

---

① 见《天龙》第三十回。

丁春秋创立的星宿派是真正的邪教，全派上下，无一善类。与星宿派相比，五毒教、日月神教、神龙教等所谓的"邪教""邪派"，简直充斥着"正人君子"和"道德模范"。星宿派行事完全不按武林常规，不讲究同门情谊、辈分尊卑。弟子们对丁春秋毫无敬意，只有畏惧。谁的武功高，谁就可以当大师兄、大师姐，对其他同门行使生杀予夺之权。因此，星宿派弟子各自秘密练功，个个学得阴险歹毒，内部斗争倾轧，惨烈无比。这一切乱象，都是丁春秋一手造成的。随着丁春秋被废去武功，囚禁于少林寺，星宿派这一江湖毒瘤、武林公敌也土崩瓦解，并入灵鹫宫。

为了迎合丁春秋对阿谀奉承的喜好，星宿派弟子都是溜须拍马的高手。从星宿派的"星宿老仙，法力无边"，到日月神教的"圣教主，文成武德，千秋万载，一统江湖"，再到神龙教的"洪教主仙福永享，寿与天齐"，形成了一个下属疯狂吹嘘、掌门自得其乐的无耻系列。丁春秋是这个系列的始作俑者。

诗曰：
灭祖欺师作恶多，江湖从此苦妖魔。
老怪废功星宿散，武林犹唱奉承歌。

地妖星摸着天杜迁——阳顶天

匹配度★★★★

明教长期被官方和武林正派称为"魔教",教众被称为"魔教妖人",阳顶天是第三十三代教主,故以"地妖星"属之。其名"顶天",与杜迁之绰号"摸着天"契合。杜迁和他都死于非命。他是一位重要的口述人物,明教在他治下好生兴旺。

阳顶天是武林绝顶高手,在世时的武功仅次于张三丰,排名天下第二。理由有三:其一,少林三渡之首渡厄的眼睛伤在他手下。其二,成昆在六大派围攻光明顶时曾说:"当年阳顶天武功高出我甚多,别说当年,只怕现下我仍然及不上他当年的功力。"① 其三,他将明教镇教武学乾坤大挪移修炼至第四层,杨逍的功力修炼至第二层,可以作为参照。

阳顶天的遗书中任命谢逊暂摄副教主之位,颇为耐人寻味。在明教内部排位中,教主之外,谢逊仅排名第五,为何不从前四位遴选呢?或许阳顶天是基于以下考量:排名第一的杨逍本就地位最尊,但未足以服众,未正式产生教主之前,阳顶天不希望某个人权力太集中,如果无人制衡,恐将来重获圣火令者难以顺利继位,故而不考虑杨逍。排名第二的范遥在碧水寒潭之战后,暴露出感情用事的弱点,阳顶天便因未处理好私人感情而走火入魔,殷鉴就在自己身上,自然不考虑范遥。排名第

---

① 见《倚天》第十九回。

三的黛绮丝乃波斯人，难免与波斯总教有千丝万缕的联系，他断然拒绝了总教要求中土明教听命于蒙古人的指令，立志要与总教分庭抗礼，肯定不会重用波斯人。排名第四的殷天正当年的觉悟可不像晚年那么高，据他观察，殷非久居人下之辈，他在世自然镇得住殷，但难保殷没有异心，所以对殷也不太放心。

阳顶天对张无忌发自内心地接纳明教起了重要作用。张无忌受张三丰嘱咐和张翠山悲剧的影响，原先很抗拒明教。可是一路走来，所遇明教中人常遇春、彭莹玉、胡青牛、杨道、韦一笑等多重义轻生之人，明教之外的灭绝师太、朱长龄、何太冲、班淑娴、鲜于通等多残忍负义之徒，张无忌对正邪之分已经不太坚信了。在读阳顶天遗书过程中，张无忌先是因其敢于反抗波斯总教和蒙元统治者而心生钦佩之意，后因明教光明正大的宗旨而觉得"各大门派限于门户之见，不断和明教为难，倒是不该了"[①]。至此，所谓的正派邪教在张无忌心中已经翻转了。

诗曰：
因情走火顶入阳，遗命狮王费考量。
仗义每多明教众，负心皆是正宗帮！

---

① 见《倚天》第二十回。

地幽星病大虫薛永——裘千尺

匹配度★★★★★

裘千尺嫁到绝情幽谷，又幽居地底十余年，故以"地幽星"属之。她手脚俱废，无法自由行动，"病"字正合其用。"大虫"即老虎，她驭夫极严，是金庸小说中最凶悍的"母老虎"之一。薛永和她都死于非命。

裘千尺是裘千仞的妹妹，年轻时不仅白富美，武艺还高。为人任性强势，颐指气使。她来到绝情谷，嫁给了公孙止，依然高高在上。她对他严格管束，动辄随意辱骂。在她看来，他只是奴仆而已，连武功都是她教的，自然要对她俯首帖耳。长期遭受压迫的公孙止只能另外寻找精神慰藉，当他遇到了柔儿之后，这个侍婢的温柔婉顺和裘千尺的悍妇作风形成了鲜明对比，他自然而然地陷了进去，甚至不惜抛弃祖上家业，也要逃离裘千尺，带柔儿远走高飞。他还没来得及私奔便被裘千尺给抓住了。她将二人推入情花丛中，并当着二人的面将解毒的绝情丹尽数毁掉，只留下一颗给他选择。他选择了救自己，重新回到她身边。但这不过是他的缓兵之计，他已经将柔儿的死算在了她头上。他设计挑断她四肢筋脉，丢进了炼丹房下的鳄鱼潭，任她自生自灭。她只能依靠枣树落果艰难度日，后在杨过和公孙绿萼的帮助下逃出生天。

事情发展到这里为止，裘千尺虽不令人喜爱，至少还令人同情。此后她因在地底山洞受尽折磨，心中怨毒极深，以半枚绝情丹要挟杨过去杀死郭靖、黄蓉来为裘千丈报仇，便让人觉得不可理喻。最后一幕她安排四个婢女用树枝枯草将山巅的孔穴遮蔽，然后击毙婢女，引公孙止前来。他不慎踏入孔穴摔入地底，她也被他挥出的长袍连带着拉进地底，两人一同粉身碎骨，同归于尽，也算是终结了这段孽缘。她要杀公孙止可以理解，但视婢女的性命如草芥，暴露了她歹毒的心性。最终没有人会同情她，剩下的只有痛恨和唏嘘。

他们一家三口同一天死去，公孙绿萼是为爱舍身，裘千尺和公孙止是因恨身亡。《神雕》中爱得最深、恨得最深的七个人集中在绝情谷，四个身亡（公孙绿萼、李莫愁、裘千尺、公孙止），三个跳崖（小龙女、杨过、郭襄），绝情谷是最能展现"情书"主题的地点。

诗曰：

裘家有女初长成，嫁入幽谷名绝情。

一对冤家一生恨，同归于尽令人惊。

地伏星金眼彪施恩——金轮法王

匹配度★★★★★

相似点	施恩	金轮法王
名号中带"金"字	金眼彪	金轮法王
看重功利	"金眼"意指见钱眼开	执着于"蒙古第一勇士"称号
失败后隐伏	败于蒋门神后待机报复	败于杨过、小龙女后回蒙古苦练
与猛兽相关	"彪"意指虎	拿手武功为"龙象般若功"
死于非命	战死	被杨过击下高台，后被周伯通用软猬甲扎死

金轮法王于重阳宫败在杨过、小龙女剑下，引为生平奇耻大辱，隐伏蒙古十余年，苦练密宗至高无上的护法神功"龙象般若功"，故以"地伏星"属之。金轮法王是《神雕》最大反派，也是唯一与《神雕》五绝都交过手的绝顶高手，其武功与五绝大体相当。此外还与仅次于五绝的小龙女和裘千仞鏖战，裘千仞死于其手。

金轮法王与郭靖黄蓉、杨过小龙女的敌对关系绝不仅仅是各为其主。李莫愁在襄阳城抢得初生的郭襄，他与杨过紧追。李莫愁与他跃下城墙时都用军士当垫脚石，各自杀死一人，杨过不忍伤人，改用军马垫脚。他欲挟持郭襄同行，路遇樊一翁和大头鬼，后者质疑他撒谎，他直接将二人全部打死。他虽不像李莫愁那样见人便杀，也只是五十步与百步的差别，两人都是恶毒残忍之辈。

金轮法王的武力值不输五绝，但是战斗意志不够坚强。只要看《神雕》第三十八回他在绝情谷遇见众高手那段便知：黄蓉武功不及他，但他不敢拼命。瑛姑避过他两招，他又觉得心怯。周伯通与一灯前后夹击，他心中先自怯了。到了黄药师出现，他毫不抵抗，便抛下五轮，出手打算自尽。反观萧峰在少室山上，被丁春秋、游坦之、慕容复三大高手围在当中，却说："你们便三位齐上，萧某何惧？"① 相比之下，法王宁不愧煞！

金庸小说中有几位藏族反派高手，如金轮法王、血刀老祖、鸠摩智，其中鸠摩智与法王颇多可资比照之处。同是反派，法王为何被杀，明王为何善终，从表中不难看出端倪。

观察点	金轮法王	鸠摩智（大轮明王）
种族	藏族	
信仰佛教	佛教瑜伽密教	藏传佛教宁玛派
职务	蒙古国师	吐蕃国师
武学造诣	相当于神雕五绝	天龙四绝
主要活动	助忽必烈侵宋	巧取豪夺武学秘籍
是否杀人	滥杀无辜	未曾杀人
目标	武林盟主、蒙古第一勇士	天下第一高手
结局	战败被杀	武功全失，大彻大悟

诗曰：

武林盟主成笑谈，惨败终南更不堪。

隐伏苦修十余载，大战襄阳死未甘。

---

① 见《天龙》第四十一回。

地僻星打虎将李忠——林远图

匹配度★★★★

"僻"即"辟"也，林远图所创辟邪剑法是金庸小说中最有名的剑法之一，他所著《辟邪剑谱》是许多武林高手梦寐以求的无上功法，故以"地僻星"属之。他与李忠都曾改换门庭：李忠从桃花山入伙梁山，他离开莆田少林寺自创福威镖局。他是重要的口述人物，在少林寺法名渡元，武功本极高明，又是绝顶机智。

林远图原是莆田少林寺方丈红叶禅师座下得意弟子。当年华山派岳肃和蔡子峰到莆田少林寺做客，偷录秘不示人的武学秘籍《葵花宝典》，终被红叶知晓，他受师傅指派前往华山。到了华山，岳、蔡两人一面道歉，一面又向他请教宝典所载武学。他原本未读过宝典，在看到宝典所记载武学后暗暗记住，并随口向岳、蔡两人解释搪塞。他逗留华山八日，记住大部分宝典武学后离开，并在一个山洞中将宝典所载结合自己所悟，创造了一门诡异绝伦的武功——辟邪剑法，写在自己的袈裟之上。此时他已凡心难抑，向红叶留书还俗，复原姓"林"，并将法名颠倒过来取名"远图"。他凭借七十二路辟邪剑法等绝技打遍黑白两道，包括当时的青城派掌门长青子都惨败在他手下，最终凭借实力创立了闻名天下的福威镖局。经营镖局期间，他听从红叶的教诲，行侠仗义，急人之难，不在佛门，却行佛门之事。同时因辟邪剑法过于妖异狠辣，他没有对外传授其精要，包括义子林伯奋、林仲雄都未得其传。其孙林震南主持镖局期间被青城派灭门（仅林平之幸存），便有了《笑傲》正文的故事。

　　林远图的事迹在第三十回和第三十五回分别由方证大师和林平之讲述，不仅交代了《辟邪剑谱》的来龙去脉，更重要的是为这个剑谱和《葵花宝典》正名。剑谱源自宝典，《笑傲》中修炼或觊觎宝典和剑谱的东方不败、余沧海、木高峰、岳不群、左冷禅、劳德诺等人均是阴狠毒辣之辈，就连原先的侠义少年林平之习练之后也性情大变，似乎宝典和剑谱乃邪祟之物。林远图却是有力的反证，他习练剑谱之后，武功大进的同时行侠仗义，急人之难，真是一位难得的侠义英雄。其他习练者的阴险歹毒应从他们自身寻找原因，而不能把脏水泼给宝典和剑谱。他没有像红叶那样公开毁掉宝典，反而把剑谱藏匿在老宅之中，引发后人的灭门惨祸和武林中的腥风血雨，还是缺乏大智慧。

　　诗曰：
自创剑诀气似虹，福威镖局展雄风。
离了佛门行佛事，急人之难大英雄。

地空星小霸王周通——凤天南

匹配度★★★★★

凤天南为了逃避胡斐的追杀，费尽心机，绞尽脑汁，最终还是一场空，故以"地空星"属之。胡斐匹配"天空星"，与凤天南这个"地空星"正好是死对头。周通的绰号是"小霸王"，与凤天南的绰号"南霸天"契合。两人都好色，都死于非命。

凤天南是五虎门掌门，长期在佛山欺压良善，鱼肉百姓。他看中钟阿四的菜田，欲出十两银子买钟的地皮，钟不肯。他便诬赖其子偷吃他家鹅肉，买通官府将钟因到狱中。钟四嫂心急昏乱，竟将其一子带至北帝庙剖腹以证清白。凤天南不依不饶，咬定是另一子偷吃，放出恶犬扑咬钟四嫂母子。胡斐路见不平，出手杀了恶犬，并制住了他父子二人。凤天南使出调虎离山之计，趁胡与人缠斗，将钟阿四全家杀死，后放火烧掉自家屋舍逃走。胡对着北帝庙的神像发誓："我胡斐若不杀凤天南父子给钟家满门报仇，我回来在你座前自刎。"[①] 凤天南父子在向北逃亡路上屡次遭胡追杀，由于袁紫衣阻拦胡，方侥幸过关。凤天南来到京城，托众武官给胡送豪宅、田地和财物，胡驳回众武官的面子并继续追杀他。袁紫衣第三次救下凤天南，并将他是自己生父的秘密告诉胡。凤天南来到天下掌门人大会并买通汤沛，让汤沛在他上场比武时暗助他。最后袁紫衣以尼姑圆性的身份出现，抖搂出他和汤沛早年的丑事，他被

---

① 见《飞狐》第五章。

气急败坏的汤沛所杀。

凤天南是金庸小说中的特殊人物，他投靠朝廷，巴结官员，欺男霸女，身上的江湖气少，社会气浓。他与钟阿四的矛盾不是武林纷争，钟阿四一家都是穷苦百姓，根本不会武功，也不是武林中人。他在矛盾中扮演的角色不是武林高手，而是土豪恶霸。金庸小说的其他反派祸害的往往是江湖中人，他祸害的是劳苦大众，是危害最大的恶棍之一。什么是行侠仗义？为民除害是行侠仗义的重要内涵。胡斐锲而不舍地追杀他，是真正的行侠仗义。

实实在在、大张旗鼓、大费周章地为民除害，《飞狐》是金庸小说中做得最出色的一部。理想中的侠客与现实生活相结合，对于作者来说不是一件容易的事，一不留神就会陷入脸谱化和概念化的泥淖，《飞狐》是难得的成功范例。

诗曰：
钟门四口皆惨亡，暴犬丧家窜北方。
浑身沾满生灵血，恶贯满盈应进觞。

地孤星金钱豹子汤隆——冯默风

匹配度★★★★★

相似点	汤隆	冯默风
脸上不干净	麻点（"金钱豹子"即指此）	眼屎
从军	梁山军	蒙古军（卧底）
打造军器	祖上打造军器	自身打造军器
身份	铁匠	
结局	战死	

冯默风幼年被黄药师救下时便是孤儿，离开桃花岛后孤身生活三十余年，故以"地孤星"属之。

冯默风的性命是黄药师从仇人手里抢救出来的，自幼得黄抚养长大。当年陈玄风和梅超风偷盗《九阴真经》逃走，黄迁怒其他弟子，将他们大腿打断，逐出桃花岛。曲灵风、陆乘风、武眠风三人都打断双腿，但打到他时见他年幼，武功又低，忽起怜念，便只打折了他的左腿。他伤心之余，远来襄汉之间，在乡下以打铁为生，与江湖人物半点不通声气，一住三十余年，始终默默无闻。黄待他恩德深重，他虽被打折一条腿，却无怨怼之心。杨过、程英、陆无双为抵御李莫愁的拂尘，想打造一把大剪刀，找的正是他的铁匠铺。李莫愁背地里对黄出言不逊，冯默风亮明身份，与杨过一起，将李莫愁吓退。

冯默风还在桃花岛的时候，黄药师便以家国情怀相教导，他在桃花岛"六风"中最为爱国忧民。他一听说蒙古南侵，立时感叹自己"活了

183

这把年纪,死活都不算什么。就可叹江南千万生灵,却要遭逢大劫了"①;"蒙古大军果然南下。我中国百姓可苦了!"② 便劝杨过从军杀敌,杨认为一人之力无济于事,他说:"一人之力虽微,众人之力就强了。倘若人人都如公子这等想法,还有谁肯出力以抗异族入侵?"说完即刻投向蒙古军中,拟伺机刺杀其王公大将。他到得蒙古军中打造修整兵器,暗中刺杀了千夫长和百夫长各一名。待见郭靖与杨过在军中遇险,便舍命来救。他直到被金轮法王打死也不知郭靖"是师门快婿,但知此人一死,只怕襄阳难保,是以立定了主意,宁教自己身受千刀之苦,亦要救郭靖出险"。

冯默风总共出场两次:第一次打退李莫愁便去投军,第二次为救郭靖而壮烈殉国。他以生命为代价,为杨过进行了深刻的爱国主义教育。他是真正的侠之大者!

诗曰:
桃花岛主最怜孤,难忍师门屡被诬。
不辞为国千刀苦,公子痛心会得无?

---

① 见《神雕》第十五回。
② 本节以下引文皆见《神雕》第十六回。

地全星鬼脸儿杜兴——阿朱

匹配度★★★★★

阿朱天性纯良，一心顾全他人，故以"地全星"属之。她极擅长易容，可随时变脸，与"鬼脸儿"契合。杜兴在梁山负责迎宾，阿朱第一次出场便是迎宾。

聚贤庄大战见证了阿朱的初恋。她在少林寺斗气盗经时易容成少林僧，与潜入寺中探望恩师的萧峰碰巧躲在同一尊佛像后。藏身处被玄慈方丈等三僧发现后，阿朱被误伤。萧峰觉得自己有责任医好她，便携她同往聚贤庄找薛神医。她见萧峰一路上用真气为她续命，明知聚贤庄邀集中原群豪对付他，却要硬闯龙潭虎穴为她求医，感动之余，就此情苗暗茁。聚贤庄的腥风血雨见证了萧峰的豪气干云，也见证了阿朱的情窦初开。

雁门关倾诉是阿朱的定情。她被薛神医治好后，心中挂念萧峰的伤势，不知该去哪里找他。她预计萧峰如果伤愈，会到雁门关寻找父母的遗迹，便忐忑不安地到雁门关等待。五天五夜之后，萧峰终于来到，她倾诉别来的情由和自己的心意。萧峰亲眼见到宋军残酷虐待契丹百姓，出手除暴安良，也坦然接受了自己契丹人的身份，并答应携她同行。她心花怒放："便是到天涯海角，我也和你同行。"[①] 雁门关的千仞绝壁见证了萧峰的浴血重生，也见证了阿朱的一往情深。

---

① 见《天龙》第二十回。

寻仇万里行是阿朱的蜜月。为寻找萧峰的大仇人，两人从晋北雁门关出发，一路经过晋南三甲镇、河南卫辉、山东泰安、江苏镇江、浙东天台山、河南光州、河南信阳，最终到信阳城西近四十里的小镜湖。两人间关万里，形影不离，无话不谈，许下塞上牧牛放羊的三生之约，这是她一生中最快乐的时光。一路的风尘仆仆见证了两人的蜜月旅行。

香消小镜湖是阿朱的宿命。两人受马夫人误导，认定段正淳是萧峰的大仇人，此番在小镜湖边巧遇其人，萧峰断不会放过复仇良机。偏偏她认出阿紫身上的信物，得知段正淳是自己的生父。命运给她开了一个大大的玩笑：生父和爱侣是死仇。她一心顾全他人，既不愿生父命丧萧峰之手，更不愿大理段氏向萧峰寻仇，柔肠百转之下，只好易容成段正淳，去赴萧峰的死约……

阿朱比程灵素幸运。同样为至爱牺牲了自己，阿朱得到了萧峰至情的回应。萧峰是悲天悯人的大侠，塞上牧牛羊不可能是他的优先选项。如果阿朱能活到萧峰在雁门关自戕那一刻，岂不是要比她为他而死更痛心千百倍！宿命的安排究竟是不幸抑或幸运？却也难说得很。

诗曰：

绝壁雁门笑语温，间关万里携手奔。

塞上牛羊空许约，湖边雷雨挽香魂。

地短星出林龙邹渊——黛绮丝

匹配度★★★★★

黛绮丝在明教二使四王中入教时间最短，故以"地短星"属之。她的绰号"紫衫龙王"，与邹渊的绰号"出林龙"，都主打一个"龙"字。"渊"即"潭"，黛绮丝的成名之战发生于碧水寒潭。

黛绮丝原是明教波斯总教的圣女，其父乃华人，其母波斯人。其父临死时心怀故土，遗命要女儿回归中华，明教时任教主阳顶天热情接纳了她。半年后，韩千叶上光明顶为父报仇，提出与阳顶天在碧水寒潭比武，否则要阳顶天向其父遗留的匕首磕头。阳不识水性，怎能在水下比武？正在窘迫万分之时，黛绮丝越众而前，冒充阳的女儿，与韩过招，并在冰冷彻骨的寒潭之中将韩打成重伤。当下论功行赏，她得了"紫衫龙王"的美号，一跃超过鹰王、狮王、蝠王，成为明教四王之首。

韩千叶比武失意，不料情场得意，竟赢得了黛绮丝的芳心。她不顾圣女不可失贞的禁令，与韩成婚，并生下了小昭。为了救赎失贞之罪，她冒险进入光明顶密道，拟盗取乾坤大挪移心法献给总教，以免遭烈火焚身之罚。事情败露后，黛绮丝破门出教。她不敢以本来面目示人，易容成丑老太婆，以金花婆婆之名行走江湖。小昭长到十余岁，黛绮丝便命其混入光明顶，继续设法盗取心法。后与谢逊、张无忌及四女被波斯总教之教众追及，适逢总教教主之位空缺，便以小昭出任总教教主为条件，赦免黛绮丝的罪过。

黛绮丝是《倚天》第一美女，即使放眼全部金庸小说，也仅次于喀丝丽。她初上光明顶时,"一进厅堂,登时满堂生辉,但见她容色照人,明艳不可方物。当她向阳教主盈盈下拜之际,大厅上左右光明使、三法王、五散人、五行旗使,无不震动"。谢逊认为"见到黛绮丝的美色而不动心的男子只怕很少"。即使人到中年,依然是"肤如凝脂、杏眼桃腮的美艳妇人,容光照人,端丽难言","风姿嫣然,实不减于赵敏、周芷若等人,倒似是小昭的大姊姊"。[①]

黛绮丝性情刚烈,我行我素,敢爱敢恨,棱角分明。她深爱韩千叶,即使众人反对亦不为所动。她因胡青牛见死不救而痛恨之,终于杀其夫妇而后快。阳顶天待之以诚,她在明教便只服他一人。对于范遥在内的爱慕者们冷若冰霜,丝毫不假辞色。她的确是一位个性十足的人物。

诗曰:

容色照人不可方,寒潭碧水岂能伤。

我行我素性刚烈,恩断义绝紫衫王。

---

① 均见《倚天》第三十回。

地角星独角龙邹润——洪安通

匹配度★★★★

神龙教所在的神龙岛，原先是大陆伸出海中的一个角落，可称"地角"。洪安通是神龙岛之主，故以"地角星"属之。他是神龙教教主，与邹润的绰号都主打一个"龙"字。最后众叛亲离，也不枉了这个"独"字。

洪安通是神龙教的创教教主。当年创教时，共有千余名老兄弟，到韦小宝初次登岛时，所剩已不满百人。他对夫人苏荃甚为宠爱，大部分教务都交由苏荃打理。对她提拔少年男女，诛戮当年的老兄弟也无动于衷。教中的老兄弟们忍无可忍，群起反抗。他虽凭超绝武功将五门掌门使一一击毙，自己也负伤力竭而死。苏荃乃是他强掳而来，他后来修习上乘内功，久已不近女色，心中对她存有歉疚之意，故而对她加倍敬爱。苏荃怀了韦小宝的孩子后，不想再跟他虚与委蛇，既然他战死，她便与韦小宝等一起离开了神龙岛。

洪安通武功极高，在《鹿鼎》中大致与九难、归辛树同属绝顶高手。神龙教的掌门使都是一流高手，他以一敌四，仍然稳占上风。若非记挂苏荃，四使不见得能伤得了他。他见苏荃将师门所习的"美人三招"传给韦小宝，也立马自创了"英雄三招"传给韦小宝。他不满足于神龙教主之位，与罗刹国勾结，献策罗刹国从海道登陆天津，以火器大炮直攻北京，实乃可耻的卖国行径。

洪安通治下的神龙教与《笑傲》中的日月神教有三大共同点，且更加变本加厉：其一，教主喜好谄媚之辞，对教众进行精神控制。韦小宝投其所好，大拍马屁，"洪教主听韦小宝谀词潮涌，丝毫不以为嫌，撚须微笑，怡然自得，缓缓点头"[①]。"洪教主仙福永享，寿与天齐"这句话不仅下属见到他时要说，教众之间见面也要挂在嘴边。其二，对教众进行药物控制。他长期用"豹胎易筋丸"控制下属，如胖头陀、瘦头陀均被折磨至身体变形，求生不得求死不能。后期还制作毒性更猛的"百涎丸"加大控制力度，比之日月神教仅用"三尸脑神丹"居心更毒。其三，外戚专权，增加教主神秘感。东方不败后期对教主的权力不感兴趣，便让杨莲亭专权。洪安通则把大部分权力转移给苏荃，自己平常少言寡语。神龙教是地地道道的邪教，覆灭是迟早的事。

诗曰：
风起神龙邪教耽，谀辞潮涌倍沉酣。
众人奋起同归尽，寿与天齐成笑谈。

[①] 见《鹿鼎》第三十五回。

地囚星旱地忽律朱贵——朱长龄

匹配度★★★★★

朱长龄的结局是自己把自己囚在窄窄的山洞之中，进也进不得，退也退不出，故以"地囚星"属之。"忽律"乃鳄鱼的别称，鳄鱼是水里的霸王，在陆地上貌似威胁不大。"旱地忽律"即指一种善于伪装的可怕动物。朱贵表面上是个普通的酒店老板，实质上是梁山泊的耳目。朱长龄表面伪装得义薄云天，实质上卑鄙无耻。恰好两人都姓朱。

朱长龄一出场就把祖宗挂在嘴边，对女儿朱九真说："我朱家世代相传，以侠义自命，你高祖子柳公辅佐一灯大师，在大理国官居宰相，后来助守襄阳，名扬天下，那是何等的英雄？"[1] 真乃名门之后。他一看出新来的仆人是张翠山的儿子张无忌，马上便起了觊觎屠龙刀之心。他出手击毙女儿豢养的三十余条恶犬，以侠义正道严厉斥责女儿，使得张深信他是一位是非分明，仁义过人的侠士。他自知用强不可能令张吐露谢逊的下落，便费尽心思，下足本钱，利用女儿行美人计、假造图画、焚烧豪宅、叫武烈扮成谢逊毒打自己，不惜轮番上演苦肉计令张彻底感动。他无须问上一句，却令张主动和盘托出，反而求他带往谢逊的藏身之处冰火岛去。

后因朱九真的疏失，阴谋被张无忌识破，张为躲避朱长龄的迫害而跳崖。朱长龄不忍失去得到屠龙刀的唯一机会，被张带落崖下。幸得不

---

[1] 见《倚天》第十五回。

死,他也懒得再假装君子,索性露出本来凶狠的真面目。不料张当时身材尚小,钻过一个狭窄的山洞,彼端别有洞天,张居住五年,练成了九阳神功。朱长龄钻洞时断了一根肋骨,只好退出待在一个三面凌空的平台之上,靠张扔进来的果子挨过五年。此后张运起缩骨功,钻回平台,他不念五年续命之恩,又使诡计将张摔落山崖。他认定张的身材已比其高大,张能顺利钻洞,他也可以过去取得《九阳真经》。最终却成了"地囚星",在山洞里活活被困死。

相貌堂堂、忠良之后的朱长龄,为了贪图夺取屠龙刀和《九阳真经》,机关算尽,人格沦丧,无端损失家财巨万,骨肉分离,一无所有,到头来连死也死得分外尴尬可笑,还为张无忌练成九阳神功作了嫁衣。金庸小说讽刺世人贪欲,朱长龄堪称代表。

诗曰:

宝刀百炼生玄光,奇谋秘计梦一场。

贪心不足蛇吞象,为他人作嫁衣裳。

地藏星笑面虎朱富——岳不群

匹配度★★★★★

岳不群深藏不露，故以"地藏星"属之。"笑面虎"多指笑里藏刀、面善心黑的人，很适合岳不群。他绰号"君子剑"，却专行小人之举。

岳不群有君子之名，也有侠义之言，却从无侠义之实。他声称要下山除掉田伯光，为民除害，田伯光却在华山之上。他在刘正风金盆洗手之日，提出要为刘杀掉魔教长老曲洋，也不可能付诸行动。定闲和定逸两位师太被困龙泉铸剑谷，恒山派门人当面向他求救，他却不顾江湖义气，推三阻四。他满口仁义道德，说得天花乱坠，却只做于己有利或稳操胜券的事。

岳不群的所有活动以夺取《辟邪剑谱》和五岳派掌门为目标，前者又是后者的前提条件。为谋夺剑谱，他和余沧海最早采取行动。余的策略是明抢，亲率大队人马从四川奔袭数千里到福州，灭了福威镖局满门，留下林震南夫妇逼问剑谱下落，却一无所获。他的策略是暗谋，让劳德诺和岳灵珊乔装到福州，以开酒铺为幌子，就近探查镖局的动静。岳灵珊和他先后救出林平之，他还比武击败余，顺理成章地收林平之为徒。他安排令狐冲面壁思过一年，为岳灵珊移情林平之创造了条件。他如愿夺得剑谱后，要杀林平之灭口，但被徒弟英白罗撞见，便杀掉英并嫁祸令狐冲。他后来自宫练剑，粘假胡须欺骗妻女弟子和武林同道，将计就计让劳拿走假剑谱给左冷禅修习。他在并派大会上利用岳灵珊重伤令狐冲，去掉一个潜在对手，最终在与左冷禅比武的重要关头使出辟邪剑法刺瞎左的双目，登上五岳剑派总掌门之位。

岳不群伪君子的品性一以贯之，与他夺谱争位并无关联。任我行说他"一脸孔假正经，只可惜我先是忙着，后来又失手遭了暗算，否则早就将他的假面具撕了下来"①，足见任我行早在被困之前，便已看透了他的本性。左冷禅手下有"嵩山十三太保"等众多一流高手，华山派只有他夫妻二人拿得出手，而且宁中则不会与他同流合污，他的实力无法支撑左冷禅那样的野心。后来左冷禅并派的脚步越来越近，他必须认真面对这个问题，便凭借着深谋远虑让左冷禅成为捕蝉的螳螂，他成了获胜的黄雀。

岳不群与令狐冲之所以决裂，主要原因有两点：一是师者尊严。令狐冲在短期内武功大进，却不向他说明原因，这是不尊重师父。令狐冲在药王庙外拯救华山全派，其剑法远超师父，这对于极爱面子的他来说无法接受。二是替罪羔羊。他夺得剑谱前后做了不少见不得人的事，除了令狐冲，找不到更合适的栽赃对象。

诗曰：

辟邪剑谱如宝珠，明抢未能便暗图。

笑里藏刀君子剑，害人身死有余辜。

---

① 见《笑傲》第二十回。

地平星铁臂膊蔡福——裘千仞

匹配度★★★★★

　　裘千仞耗费了大半辈子，临死前才消除心魔，求得内心的平静，故以"地平星"属之。他的绰号是"铁掌水上漂"，"铁掌"与蔡福的绰号"铁臂膊"也契合。两人最终都战死。

　　裘千仞是铁掌帮帮主，乃五绝级别的人物，整体实力与五绝仅有细微差距。第一次华山论剑曾受邀，他铁掌功尚未大成，谢绝赴会。后闭关苦练，拟在二次论剑时独冠群雄。他想让段皇爷为救人耗损内力，故意将周伯通与瑛姑之子打得奄奄一息。瑛姑从他的笑声中认出他是凶手，便势如疯虎般要和他拼个同归于尽，这成了他最大的心病。丐帮君山大会时，他奉完颜洪烈之命，准备收买丐帮令其南下渡江，未成。在铁掌山上，他发觉靖蓉擅闯禁地，将黄蓉打成重伤。后来他被周伯通追得筋疲力尽，刚想用毒蛇自杀，不料周怕蛇，转身就跑。二次论剑时，他在华山遭到洪七公严词训斥，回想起自己一生的罪行，终于忏悔前过，欲跳崖自尽时被一灯救下，皈依在一灯门下，法名慈恩。然而他心中恶念未尽，发作时几近精神分裂，打死了丐帮叛徒，还把一灯打伤。杨过以玄铁重剑击败他，才让他暂时平静下来。绝情谷内，他在妹妹裘千尺的言语挑拨下恶性大发，擒住初生的郭襄想要杀死。黄蓉假装瑛姑疯状刺激他，他才放弃行凶，飘然而去。后与金轮法王大战一日夜，他重伤在其掌下。一灯带他来到黑龙潭请求瑛姑原谅，在杨过和郭襄的帮助下，周伯通与瑛姑重聚，他获得二人原谅，平静圆寂。

裘千仞的人生是一段关于心魔和忏悔的故事。他的前任帮主上官剑南是个英雄人物，他自己却多行不义，甚至干起了汉奸的勾当。数次逃避瑛姑说明他不敢面对自己的心魔。洪七公在华山促成了他的第一次忏悔，杨过的玄铁重剑促成了第二次，黄蓉装疯促成了第三次。此后他不再滋生恶念，但心魔一直无法消除。临死前在众人协助下，消除了折磨他大半辈子的心魔。金庸小说中曾经作恶的武林高手一旦真心皈依佛门，往往就不再有故事了，如谢逊、萧远山、慕容博、鸠摩智。裘千仞是个罕见的例外，他皈依后用了二十年时间才彻底抑制住恶念，用了三十六年才消除心魔。他的故事更曲折，可能也更真实吧。

　　诗曰：
　　铁掌生平作孽多，皈依无奈恶行何。
　　忏悔三番廿余载，众人协助克心魔。

地损星一枝花蔡庆——血刀老祖

匹配度★★★★

血刀老祖"一生都和凶恶奸险之徒为伍，不但所结交的朋友从无真心相待，连亲传弟子如宝象、善勇、胜谛之辈，面子上对师父十分敬畏，心中却无一不是尔虞我诈，损人利己"①，故以"地损星"属之。其人贪花好色，与蔡庆的绰号"一枝花"契合，两人都杀人甚多。他是青海黑教"血刀门"第四代掌门人，使一柄血红缅刀，有着极其霸道之称号——化血神刀，刀法已至登峰造极之境。门下都作和尚打扮，个个都是十恶不赦的淫僧。他不问情由，滥杀无辜，令人发指。

血刀老祖一人独战中原武林的四位顶尖高手"南四奇"，本来是非输不可的。不幸的是，天时地利都在他那边，藏边雪谷是他的老巢，雪地作战是他的拿手好戏。他总有办法让自己处于暗处，且令"南四奇"一一与他较量而无法发挥人数优势，因此他反而占了上风。先是老二花铁干的猛刺被他惊险躲过，却失手刺死了老三刘乘风，接着他又在雪下用计杀了老大陆天抒，斩飞了陆的头颅，并用陷阱斩断了老四水岱的双足，令其痛得在雪地上打滚。当时他已是强弩之末，但花铁干目睹三个结义兄弟的惨状，吓得心胆俱裂，斗志全失，双膝酸软，跪地求饶，他便顺手点了花铁干的穴道。当他内力稍复，又要杀人，狄云出手救人，和他缠斗在一起。他扼住狄脖子的过程中，竟帮助狄打通了任督二脉，

---

① 见《连城》第六回。

狄一脚踹在他的小腹之上，结束了他罪恶的一生。

《连城》是反派人物的总动员，塑造了形形色色的恶人。其中大部分是阴险伪善之辈，如凌退思、戚长发、万震山、言达平、花铁干等，像万圭这样看上人家姑娘便买通官府和妓女，诬告姑娘的心上人强奸并将其下狱的恶棍，在《连城》的"恶人榜"中根本排不上号。但也有一个例外，就是血刀老祖。他无疑恶贯满盈，但此人一点也不虚伪。他还没出场便已恶名昭彰，所有人都知道他无恶不作，果然出场后从头到尾没干过好事。他恶得赤裸裸，恶得毫不掩饰，恶得彻彻底底。看他的故事，只是觉得愤怒。不像其他恶人，看了不仅愤怒，还觉得压抑，觉得喘不过气。

诗曰：

损人利己血刀门，心内从无信义存。

造孽一生无掩饰，穷凶极恶终断魂。

地奴星催命判官李立——张召重

匹配度★★★★★

张召重是清廷的忠实奴才，故以"地奴星"属之。他的绰号是"火手判官"，与李立契合。两人最终都战死。

张召重是金庸笔下的第一位反派高手，武功极高，为人极恶。此恶并非指他甘为清廷奴才，与红花会作对，那不过是各为其主而已。《飞狐》中也有好几位朝廷武官，如周铁鹪、汪铁鹗等，却不似他那么奸恶。此人之恶从一个大节和一件小事即可看出。大节是指他对同门师兄的态度：他被红花会生擒，即将被杀，大师兄马真赶来为他求情，红花会放他一马，他被带回武当看管。他毫不感激马真的救命之恩，为了摆脱束缚，趁着马真熟睡，先挖掉其双眼，又切掉其左脚，残忍地将其虐杀。如果仅仅是杀人也就罢了，毕竟在金庸笔下无数恶人，恩将仇报的例子并不少见。但他采用极其残酷的手段折磨自己的师兄，实是丧尽天良。还有二师兄陆菲青，不忍见他被抛入狼群，毅然跳入狼群保护他。他却再度恩将仇报，死死抱住陆菲青做挡箭牌。若非红花会群雄相救，陆菲青也会步马真的后尘。小事是指他转瞬间便自毁诺言：陈家洛与他最后一战之前，历数之前四次饶他性命，他无可辩驳，便承诺让陈家洛四招不还手，结果第二招便还手了。以他如此身份的高手，诺言犹在耳，却在众目睽睽之下公然出尔反尔，其恬不知耻的程度，与血刀老祖不相上下了。

张召重是金庸笔下智商最低的大反派。他明知红花会高手如云，陈家洛、无尘、赵半山、文泰来单打独斗都不输给他，却常常一人单挑红花会群雄。红花会遵守江湖规矩，不愿群殴他，但车轮战是难免的。大部分武侠小说都爱写正派以寡敌众，力斗众多反派。《书剑》反其道而行，多写张召重以寡敌众，力斗红花会群雄。斗力不行，本该斗智，但他智商实在不在线，李沅芷三言两语，便把他骗得团团转。而且三番四次失败仍不汲取教训，最终送了自己的性命。

从人物形象来说，张召重坏得有点不合逻辑，甚至比血刀老祖和丁春秋坏得更牵强。血刀老祖之恶，可以说环境使然；丁春秋之恶，可以说师父偏心。他出自根正苗红的武当派，两位师兄对他极为爱惜忍让。他的种种奸恶之行，仅仅归结为追逐功名利禄，实在说服力不够。

诗曰：
恩将仇报虐师兄，瞬间毁诺面狰狞。
三番四次寡拼众，异族奴才梦未醒。

地察星青眼虎李云——曲洋、刘正风

匹配度★★★★★

曲洋、刘正风洞察江湖局势，故以"地察星"属之。刘正风言道："最近默察情势，猜想过不多时，我五岳剑派和魔教便有一场大火并。"① 两人分属敌对阵营，却心灵相通，互加青眼，契合李云的绰号"青眼虎"。曲洋擅抚琴，刘正风擅吹箫，互为知音，是金庸版的伯牙子期，"两人双手相握，齐声长笑，内力运处，迸断内息主脉，闭目而逝"②。两人相约赴死，不复有伯牙摔琴之恨，却是更加幸运了。

两人一姓曲、一姓刘。"曲"者，二人共同创制的《笑傲江湖曲》也；"刘"者，流也。"曲流"者，即刘正风表述的两人遗愿："这《笑傲江湖曲》倘能流传于世，我和曲大哥死也瞑目了。"两人一名洋、一名正风。"洋"者，扬也；扬正风者，弘扬正气也。金庸欲通过此二人，弘扬武林正气，弘扬真正的交友之道。他借令狐冲的想法来表达："刘师叔结交朋友，将全副身家性命都为朋友而送了，虽然结交的是魔教中长老，但两人肝胆义烈，都不愧为铁铮铮的好汉子，委实令人钦佩。"

两人一为魔教长老，一为正派高手，本是正邪不两立，却成了肝胆相照的刎颈之交，其原因不外乎三点：其一，人品上的认可。刘认为曲是君子，性行高洁，大有光风霁月的襟怀，毫无邪恶之气，对曲不但钦佩，抑且仰慕。因此两人一见如故，倾盖相交。其二，音乐上的知音。

---

① 见《笑傲》第六回。
② 本节以下引文均见《笑傲》第七回。

两人醉心音律。刘正风认为当世抚琴奏乐，无人及得上曲洋；按孔吹箫，自己也不作第二人想。两人琴箫唱和，心意互通，以数年之功，创制了一曲《笑傲江湖曲》。自信此曲之奇，千古所未有，要两个既精音律，又精内功之人，志趣相投，修为相若，一同创制此曲，实是千难万难。其三，观点上的契合。两人都认为双方如此争斗，殊为无谓。曲洋立下重誓，今后不论日月神教和白道如何争斗，他一定置身事外，绝不插手。刘正风则郑重其事地安排金盆洗手，要遍告天下同道，从此退出武林，再也不参与江湖上的恩怨仇杀。曲洋和刘正风的交友之道，在任何时代都是交友的正道。

诗曰：
赴死安详万事休，灭门惨祸又何忧。
琴箫一阕流传久，交友正该似曲刘。

地恶星没面目焦挺——段延庆

匹配度★★★★★

段延庆位居"四大恶人"之首,故以"地恶星"属之。他在湖广道上遇到强敌围攻,虽然尽歼诸敌,自己却也身受重伤,双腿折断,面目毁损,自然是"没面目"。他是"天龙八部"中的天神之一。《天龙》卷首的释名中提及天神临死前的征状中有"身体臭秽",他与刀白凤野合之前便处于临死前的状态:"他简直已不像一个人,全身污秽恶臭,伤口中都是蛆虫,几十只苍蝇围着他嗡嗡乱飞。""脸上、身上、手上,到处都是伤口,每处伤口中都在流血,都有蛆虫爬动,都在发出恶臭。"[1]

段延庆并非天生的恶人,最终也停止了作恶。他本是正统的大理国太子,受到奸臣迫害,逃出皇宫。后来遭强敌围攻,面目全毁,双腿残废,仅能用腹语交流。本欲寻死,但由于和刀白凤的露水情缘,重拾信念。伤势恢复后,他疯狂报复当年追杀过他的人,因手段残忍,获得"恶贯满盈"的绰号,成为"四大恶人"之首。大理国皇室光复后未由其继位,他心中不服,一心想夺回帝位。他成为首恶后,主要的恶行针对大理皇室,附带针对违逆其意愿的人。

段延庆与大理皇室作对,主要矛头对准段正淳。他得知段誉和木婉清乃同父异母的亲兄妹(后来方知不是)且父亲是段正淳后,便将二人关在石屋之中,让二人服下烈性春药,企图让二人乱伦以使大理皇室和

---

[1] 见《天龙》第四十八回。

段正淳蒙羞。段正淳在小镜湖逍遥快活之时，被他找上门来，先杀了段正淳的护卫褚万里，引得段正淳与他单打独斗，就在他马上要杀死段正淳之时，因萧峰出手阻拦而功败垂成。最后一次他与慕容复勾结，将段正淳一家三口和四个情妇扣为人质，要挟段正淳将皇位传给他，段正淳宁死不屈。其后他得知段誉是自己的亲生儿子，大喜过望，大理皇位既然会落在儿子身上，他此生心愿已了，更无他求。

段延庆与另外三大恶人的关系体现了他的无情无义。三恶人听其号令行动，没有功劳也有苦劳。叶二娘自杀，未见他有任何表示；南海鳄神唯他马首是瞻，他让南海鳄神弑其师段誉，南海鳄神不愿，被他一击毙于杖下；云中鹤跟随他行动时晕倒在地，他自行离开，竟不加一瞥。

诗曰：

为争帝位恨无涯，四大恶人情义乖。

落魄王孙承玉露，意外佳儿畅老怀。

地丑星石将军石勇——霍都

匹配度★★★★

霍都以何师我的面目出现时，相貌奇丑无比，故以"地丑星"属之。石勇在酒店遇到宋江，彼此不认识。宋江弟兄们想和石勇换桌吃饭，石勇大声说：这个座位除非柴进和宋江可以换，就是皇帝来了也不换。霍都杀了丐帮前任帮主，还想当新任帮主。两人心气都很高，脸色都偏黄。

霍都是《神雕》中位居金轮法王和李莫愁之后的第三大反派。他武功未臻绝顶，交战经历却很丰富，与新老五绝本人或其传人均有交手记录，还是唯一和丐帮三任帮主（黄蓉、鲁有脚、耶律齐）都交过手的人物。他与马钰、丘处机（中神通传人）等全真诸子交过手，在丐帮大会上被东邪击毙，在英雄大宴上与西狂杨过（西毒传人）交过手，与朱子柳（南帝传人）斗了近千招，与黄蓉（北丐传人）交过手，与耶律齐（中顽童传人）拆了数百招，与北侠郭靖交过手。

霍都一生的转折点是重阳宫大战。当时金轮法王不敌杨过小龙女联手，他虽与达尔巴共同救师，但旋即用诈术骗得达尔巴独力苦撑，自行脱身逃跑。他离开金轮法王后易容改装，以"何师我"之名隐身丐帮十余年，保持沉默寡言，刻意显得武艺低微、才识卑下，毫不引人注目，为帮务勤勉出力，逐步升到五袋弟子。他又不时用本来面目在江湖走动，旁人更不会想到霍都与何师我乃同一人。他先用奸计暗杀丐帮帮主鲁有脚，夺走打狗棒，还曾打伤史叔刚，又在襄阳城的英雄大会上以诡计赢了耶律齐。但他的伪装早被杨过识破，杨过把达尔巴擒到襄阳，达尔巴听说何师我便是霍都便立即上台清理门户。鏖战中霍都大落下风，不得不使出本门功夫，立马被黄蓉和朱子柳看破。他被达尔巴新学的武功打成重伤，临死前还想暴起伤害郭芙，被黄药师和杨过合力杀死。

霍都自以为是，天性凉薄，诡计多端，在重阳宫弃师而逃令金轮法王看清了他的真面目。他混迹在丐帮，如果始终不露头角，自可平安无事，但想做丐帮帮主，可把黄蓉、杨过和丐帮英雄小瞧了。"何师我"这个化名，便是以自己为师。但凡他人品靠谱一点，法王也不可能对郭襄那么好。

诗曰：
重阳宫里弃师逃，混迹丐帮十载熬。
以我为师窥大位，身亡谋败俱徒劳。

地数星小尉迟孙新——空见

匹配度★★★★

孙新在梁山大聚义时正好坐第一百把交椅，是唯一的大整数，故而以"地数星"为星名。空见匹配这个星名却不仅于此，他死于十三记七伤拳之下，不但拳数记载得清清楚楚，而且拳法本身带有数字，基于这三个重要数字，故以"地数星"属之。他与尉迟敬德均擅长守中反攻。据《新唐书·尉迟敬德传》记载，尉迟敬德"善避槊，每单骑入贼，虽群刺之不能伤，又能夺取贼槊还刺之"。他的金刚不坏体神功乃古今五大神功之一，不仅对手伤不了他，他还能以反震之力杀伤对手。因此契合"小尉迟"这个绰号。

空见是《倚天》中重要的口述人物，武功大致仅次于张三丰，与阳顶天难分高下。在张三丰时代，少林派最大的亮点就是空见。所谓"四大神僧，见闻智性"，空闻城府极深、空智气量褊隘、空性浑浑噩噩，人品均无特出之处，武功亦未臻绝顶，只有空见当得起"神僧"二字。空见生平最大的失误乃是收成昆为徒，最后把性命断送在成昆和谢逊这对反目师徒手下。

成昆要让谢逊闯下更大的祸端，假意拜空见为师。向其谎称自己杀害谢全家是酒后误杀，内心极为懊悔，又不敢面对谢，只好在谢行凶遇险时暗地里助谢脱险。其实成只是为了留住谢的性命，并让谢继续闯祸，令明教树敌更多。空见慈悲为怀，不疑有他，又与成有了师徒这层关系，便慨然替成出面劝解。这正中成的下怀，他请空见先行劝解，待谢情绪稍有缓和，他随后跟进忏悔。这乃是成的欺骗之辞。谢根本奈何不了空见的护体神功，最后使诈打死空见，完全遂了成的奸计。

谢逊见空见将死，愧悔万分，主动提出了结其临死的心愿。空见大智大慧，洞悉谢逊的为人，知道不可能绝了谢逊报仇之念，就说："但愿你今后杀人之际，有时想起老衲。"① 就为了这句遗言，谢逊后来放过了张翠山和殷素素，否则就不会有张无忌了。舍己为人是任何时代都公认的至高美德。如果给金庸笔下的人物弄一个"德行排行榜"，空见可以毫无愧色地独占鳌头。空见大仁大智大勇的舍身行为，永远使《倚天》的读者感动。

诗曰：
神僧之首菩萨肠，护体神功众莫伤。
舍命为人无怨悔，感天动地必流芳。

---

① 见《倚天》第八回。

地阴星母大虫顾大嫂——林朝英

匹配度★★★★

林朝英所创古墓派专收女弟子,且位于暗无天日的活死人墓,堪称阴气极盛,又以天下至阴至寒的寒玉床来练功,故以"地阴星"属之。观其与王重阳打赌决胜,逼迫他二选一,性格颇为强势,亦与"母大虫"之绰号契合。

林朝英不仅容貌才华冠绝天下,更是一个武学奇才,武功修为之高只有五绝之首的王重阳可与之匹敌,比之其他四绝有过之而无不及。只因她是女流之辈,素不在外抛头露面,是以默默无闻。她对王重阳甚有情意,当年二人不断争斗,也是她故意要和王亲近,只不过她心高气傲,不愿先行吐露情意。后来王自然也明白了,但他于邦国之仇总是难以忘怀,所以对她的深情厚意只能装痴乔呆。王以她为知己挚友,在紧急军情中也不忘写信给她,显见对她念念不忘。兵败后他建起活死人墓,羞于见人。她在墓门外百般辱骂他,他忍耐不住,出洞与之相斗。岂知她说:"你既出来了,就不用回去啦!"[①] 王恍然而悟,才知她是出于好心,不愿他一副大好身手埋没在墓中。

林朝英为了确定两人的关系,提出和王重阳比武,王胜则她自刎,她胜则王将活死人墓让给她住。她知道王不忍心她自刎,这样便逼迫王在出家与跟她在墓中长相厮守之间作一选择。王选择把墓让给她居住,

---

① 见《神雕》第四回。

自己另在不远处盖了一座道观，创立全真教和全真派。她自此一直住在墓中，在墓里存放了不少嫁妆，还将王当年寄给她的书信珍藏起来，最后郁郁而终。她自创古墓派，所著《玉女心经》既可破解全真派的武功，也可与之互补。她以王相赠的寒玉床来辅助练功，也将一身武功传授给自己的随身丫鬟。

王重阳得知林朝英逝世，心中伤痛实难自已，悄悄从密道进墓，避开她的丫鬟弟子痛哭了一场。但他见《玉女心经》中所述武功精微奥妙，每一招都是全真派武功的克星，当即回去钻研心经的破法，虽然小处也有成就，但始终组不成一套完整的武学，对她的聪明才智更是佩服。直到夺得《九阴真经》后，他又回到墓中，在全墓最隐秘之处刻下真经的要旨，并一一指出破解心经之法。

从王、林两人的关系来看，王重阳是个好胜的"恐婚症患者"。林朝英的品貌武功恰堪与之匹配，两人互相钟情，又无旁人插足，本无姻缘不谐之理。一代武林奇女子在活死人墓孤独早逝，令人浩叹。

诗曰：

林家有女字朝英，太息未膺五绝名。

无分有情空浩叹，佳人古墓了余生。

地刑星菜园子张青——戚长发

匹配度★★★★★

《韩非子·二柄》："杀戮之谓刑。"戚长发弑师、弑师兄、杀无辜的徒弟（未遂），《史记·项羽本纪》中的"刑人如恐不胜"就是指他这样的人，故以"地刑星"属之。他刻意以种菜农民的面目示人，与"菜园子"的绰号极为契合。张青与戚长发都死于非命。

戚长发绰号"铁索横江"，城府之深，心计之重，便如铁索横在江上，让来往的船只上不来也下不去，进退两难。他是梅念笙的三弟子，上有大师兄万震山和二师兄言达平。梅看出三个徒弟心术不正，始终不传本门上乘武功，甚至另行物色传人。三人便一同向梅发难，他最狠，乘梅不备抢先在梅的背上插了一剑。梅跳江逃命，被丁典救起，梅将《神照经》和连城诀传给丁典后死去。三人从梅手里抢得《连城剑谱》（即《唐诗选辑》），互不放心，便将剑谱锁在一只铁盒之中，钥匙投入大江，铁盒上连着三根铁链，分系在三人手上，只要有谁一动，其余二人便即惊觉。如此严密防备之下，剑谱仍被戚长发拿走。为了不露出破绽，他对独女和唯一的徒弟也是用尽心计，伪装成识字甚少的农民，教给女儿和徒弟的功夫更是假把式，唯恐师兄怀疑他练习了连城剑法后武功大进。女儿在不知情的情况下拿走了剑谱，他不去查问，却以为女儿不是好人；眼见徒弟蒙冤入狱，女儿受骗嫁入仇家，他也不闻不问。他在万震山家里落了单，便闭气装死蒙混过关。最后师兄弟三人都到了江陵城外的天宁寺古庙，还是他最狠，先后杀死了言达平和万震山。狄云刚出手救了他,他转瞬间便对狄云下杀手,最终被宝藏上涂抹的毒药毒死。

《连城》的目的不在于刻画某个恶人,而在刻画一系列恶人和一群心怀恶念的人。一大群人追击血刀老祖的过程中,南四奇和铃剑双侠遇上雪崩,同行者中居然有一批人在想:"南四奇和铃剑双侠这些年来得了好大的名头,耀武扬威,不可一世。死得好,死得妙!"[1] 在一大批恶人中,毕竟以戚长发和凌退思最为阴险歹毒,灭绝人伦。戚长发对任何人都不相信,心中没有一点亲情,如果杀掉女儿对他有利,他也会毫不犹豫下手。

诗曰:
弑师开始弑兄休,灭绝人伦更少俦。
铁锁横江深意在,江陵城外死神收。

---

[1] 见《连城》第六回。

地壮星母夜叉孙二娘——天山童姥

匹配度★★★★★

天山童姥返老还童为金庸笔下绝无仅有的逆天壮举，故以"地壮星"属之。她对三十六洞洞主、七十二岛岛主极为严厉残暴，正合"母夜叉"的绰号。她还是"天龙八部"中的夜叉之一（详本书附录），因此孙二娘的绰号乃为其量身定制。两人都死于非命。

童姥是《天龙》第一女性高手，她的八荒六合唯我独尊功和扫地僧的武功类似，已经进入仙佛境界。如果读者先读了金庸其他小说，乍一读童姥的故事，会觉得走错片场了。她的武功虽然有些令人摸不着头脑，但这个人物形象却塑造得非常精彩，充分体现了金庸天马行空的想象力和创造力。她是一个奇妙的矛盾体：样子小，年龄老，既小又老。武功绝顶，身体残疾。一生钟情于无崖子，无崖子却不爱她，落花有意流水无情。与李秋水争斗了一辈子，却同病相怜，死在一起，两人的绝大部分功力同时注入虚竹体内。虚竹宁死不肯破戒，她却绞尽脑汁破坏。虚竹不愿学逍遥派武功，她偏要让他学。在三十六洞洞主、七十二岛岛主眼中，她御下极严苛，众人切齿痛恨；在九天九部成员眼中，她刀子嘴豆腐心，众人衷心拥戴。前者多男人，后者皆女人，她情场失意，故而恨男怜女。前者恨得食肉寝皮，却连她长什么样子都不知道。乌老大明明生擒了她，却以为她是个普通小女孩。她连说出来的话都是自相矛盾的："我偏要想念你那没良心的师父，偏要恨那不怕丑的贱人。

我心中越是烦恼，越是开心。"①

童姥苦恋无崖子不得，吃尽了苦头，一生都未摆脱"情"字。她自创"生死符"以驾御诸洞主、岛主，在某种意义上说，即是对男人凶狠的报复。这种报复过于暴戾，不知恩威并重，逼得群豪奋起反抗，这是她的失策。她收留了千千万万被男人所伤所弃的女子，教其武功，使之自立，则善莫大焉。她被乌老大所擒时是个八九岁的小女孩，吃尽苦头，装聋作哑，不管他们如何威逼拷打，始终不吭一声，足见其意志之坚毅。她死后九天九部谨遵遗命，奉虚竹为掌门人，一切大小事宜，料理得井井有条。虚竹这样一个毫无心机才能的人也能掌管好偌大一个灵鹫宫，足见童姥当年待下之诚与治理之功。

诗曰：
缥缈峰头云乱飞，九天九部斗芳菲。
刹那芳华弹指老，一生死敌却同归。

---

① 见《天龙》第三十六回。

地劣星活闪婆王定六——李秋水

匹配度★★★★★

李秋水与童姥乃毕生死敌，与无崖子曾是一对爱侣，其人品比童姥和无崖子卑劣，故以"地劣星"属之。王定六因行走迅捷，人称"活闪婆"。李秋水擅长轻功，出场时"突然间眼前一花，一个白色人影遮在童姥之前。这人似有似无，若往若还"①，正是凌波微步练到极高境界的表现，因此与王定六的绰号契合。两人均死于非命。她也是"天龙八部"中的夜叉之一（详本书附录）。

李秋水是天山童姥和无崖子的师妹，在"逍遥三老"中排名老幺。其师逍遥子绝学太多，三个同门的内功根基各不相同：童姥是八荒六合唯我独尊功，无崖子是北冥神功，她是小无相功，这在武林中是极为罕见的特殊现象。她与无崖子生了爱女李青萝后，共居大理无量山"琅嬛福地"中，在山洞内藏有天下各路武功。师兄妹情深爱重，时而月下对剑，时而花前赋诗，欢好弥笃。但无崖子于琴棋书画、医卜星象皆有涉猎，所务既广，对她不免疏远，仿照她的妹妹打造了那尊巧夺天工的玉像后，便沉迷于玉像。她因无崖子不再理她而生气，故意找了很多俊男来行乐，无崖子一怒离开。李秋水迁怒于那些男宠，将他们一个个杀死。

李秋水正式出场是乘童姥返老还童武功尽失时报毁容之仇，电光石

---

① 见《天龙》第三十五回。

火之间砍下童姥的拇指和左腿，夺去被童姥拿到的逍遥派掌门信物"七宝指环"，但童姥被逍遥派第三代掌门虚竹所救。结果她与童姥在西夏皇宫冰窖内恶斗，两人斗得势均力敌，难分难解，最后同归于尽。死前她们才发现无崖子最爱的人既不是自己，也不是对方，而是另有其人。到头来她俩是一对同病相怜的可怜人，枉自争风吃醋了一辈子，真是可叹可笑可悲！

李秋水早年与童姥就是一对情敌，原先双方都没有太出格的行为。童姥二十六岁那年，练功有成，本可发身长大，与常人无异，不料遭李暗算，走火入魔，永远停留在六岁女童的身材。这是李的卑劣之处，童姥毁其容貌只是以直报怨而已。对那些男宠先戏后杀，又是她的残忍之处。总之，逍遥三老中，李的人品最差。

诗曰：

琅嬛福地为欢开，玉像雕成一世哀。

本是可怜同病者，相煎太急为何来？

地健星险道神郁保四——不戒

匹配度★★★★

不戒和尚身材极为健硕，故以"地健星"属之。"险道神"是传说中死者的开路神，身材极为高大。郁保四身长一丈，腰阔数围，故有此绰号。不戒出场时"只见一个极肥胖、极高大的和尚，铁塔也似的站在当地"[①]。他的武功大致与修炼辟邪剑法之前的岳不群相当。

不戒年轻时是个杀猪的屠夫，爱上了一个美貌尼姑，可尼姑睬也不睬他。他无计可施，只好去做和尚，心想：尼姑和尚是一家人，尼姑不爱屠夫，多半会爱和尚。他做了和尚之后，才发现和尚不能娶妻生子，大为后悔，想要还俗。不料他师父说他有慧根，是真正的佛门弟子，不许他还俗。他确实也对得起"不戒"这个法号，清规戒律一概不守，喝酒吃荤、杀人偷钱，什么事都干，还追到了那美貌尼姑，生下了仪琳。守不守戒律，那是外在的形式，真正重要的，是要有一颗善良、正义的心。正所谓"诸恶莫作，众善奉行"。他打听到田伯光犯案之处，将其手到擒来，还给田做了手术，让田以后都没办法行男女之事，自然就算为女性除害了。他夫人因不戒赞美别的女人生得美，一怒之下离家出走。他即把女儿寄在恒山白云庵中，天涯海角去寻她，最终得令狐冲及桃谷六仙撮合，夫妻俩破镜重圆。他对夫人的感情非常专一和深挚。

除了出家追尼姑，不戒还颇有一些令人忍俊不禁的想法。他恼恨令

---

① 见《笑傲》第十二回。

狐冲让仪琳害相思病，认为令狐冲有眼无珠，仪琳生得那么美居然不爱；相形之下，田伯光意欲非礼仪琳，说明田伯光靠谱，懂得欣赏仪琳之美。他见令狐冲做了恒山派掌门，非常高兴，认为令狐冲开窍了，肯定是冲着仪琳来的。只是一个男子汉统领一大群女子，未免让人见笑，也于恒山清誉有碍。但若恒山派有男弟子，又自不同，便带着田伯光去投恒山派。

不戒一家三口都是佛门弟子，都很善良，都不遵守佛门戒律，堪称"不戒之家"，也是《笑傲》的"最人之家"：不戒是最惧内的男子（在其妻眼中是天下第一负心薄幸、好色无厌之徒），其妻哑婆婆是天下第一"醋坛子"，其女仪琳是最痴情的女子。

诗曰：

痴情高大一屠夫，甘为和尚娶尼姑。

夫人在上夸邻女，醋海兴波悔得无？

地耗星白日鼠白胜——公孙止

匹配度★★★★

"耗"即耗子，也就是老鼠。公孙止的武功也算一代高手，然从头到尾都是鼠辈行径，故以此星名和绰号属之。他和白胜都死于非命。

公孙止是绝情谷谷主，他在谷内没干过一件好事，而且随着时间推进越来越下作歹毒。他于当年所恋婢女柔儿死后，为报复裘千尺，将她四肢打断，抛入地底山洞，任其自生自灭，已属心狠手辣。后专心练武，女色上看得甚淡。但自欲娶小龙女而不可得，抑制已久的情欲突然如堤防溃决，一发不可收拾。以他堂堂武学大豪的身份竟至出手去强夺完颜萍，已与江湖上下三滥的行径无异。后与李莫愁邂逅相遇，见她容貌端丽，心中又即动念："杀了裘千尺那恶妇后，不如便娶这道姑为妻，她容貌武功，无一不是上上之选，正可与我为配。"① 李莫愁虽然凶残歹毒，但一生用情极为专一，怎肯行此苟且之事。他为了从裘千尺手中弄到绝情丹以讨好李莫愁，竟欲以女儿绿萼为诱饵。

之前公孙止将绿萼和杨过驱入鳄鱼潭，便可看出他绝无半点父女亲情。如果当时还可说出于一时激愤，现在竟然如此处心积虑，要谋害亲生独女来献媚于一个刚刚认识的女子，其心肠之歹毒，实在无以复加。此计虽不成，他在激斗中又以绿萼为人质，将她的脉门扣住挡在胸前，阻止裘千尺用枣核钉攻击自己。绿萼惨死在他剑下后，他还用女儿的尸

---

① 见《神雕》第三十一回。

身来阻挡裘千尺的枣核钉，在场诸人无不大愤。裘千尺已算得上最毒妇人了，但对女儿还是真心关爱，公孙止堪称《神雕》中最卑鄙无耻的人渣。

公孙止人品虽劣，武功上却颇有独到之处，除了五绝、林朝英、金轮法王、裘千仞、小龙女等绝顶高手，就以他武功最高。他的闭穴功夫、渔网阵和阴阳倒乱刃法三项得自祖传，只因世居幽谷，数百年来不与外人交往，是以三项武功虽奇，却不为世间所知。成婚后，裘千尺虽非了不起的大高手，但原先在裘千仞身边耳濡目染，却也是见闻广博，心思周密，助公孙止补足了家传武功中的不少缺陷，于阴阳双刃的改进尤多。可惜夫妻俩的和衷共济没有持续多久，就陷入了冤冤相报的恶性循环，并且愈演愈烈，直至同归于尽。

诗曰：
抛得悍妻入鳄渊，每逢靓妹便垂涎。
为求色欲谋亲女，怨偶同归地底眠。

地贼星鼓上蚤时迁——余沧海

匹配度★★★★★

余沧海以一派掌门之尊，亲自带队奔袭数千里，行抢劫灭门之恶事，堪称明目张胆的贼首，故以"地贼星"属之。其人身材矮小，江湖人称"余矮子"，轻功卓绝，与时迁的特点及"鼓上蚤"之绰号均极为契合。在诸位掌门中，少林方证、武当冲虚、嵩山左冷禅、华山岳不群肯定高于他；衡山莫大、恒山定闲、泰山天门与他相比，应该也是赢面较大。

余沧海因觊觎林平之祖传的《辟邪剑谱》，借口为儿子报仇而将福威镖局残杀灭门，手段之残忍令人发指。在他向林震南夫妇逼问《辟邪剑谱》所在时，华山派掌门岳不群出手将其打跑。后来他作为客人，参与见证了五岳剑派并派大会。练成祖传辟邪剑法的林平之在归途中找他复仇，其实林平之的武学修为仍然和他相差甚远，但辟邪剑法诡异无比，余沧海和青城派众人根本无法抵挡。林平之也不急于将青城派众人一下全部杀死，而是要效仿当初余沧海灭了福威镖局那样，一个个地残杀。余沧海在路上又遇到林平之的另一仇人木高峰，他和木高峰两个武林前辈便以二敌一。争斗中他双眼被林平之刺瞎，双臂被斩断，但却毫不退缩，仍然用牙齿咬下林平之脸上的一块肉，死得相当惨烈。

青城派是《笑傲》中最不堪的门派：其一，武功不堪。如上所论，余沧海本人的武功位于各大门派掌门的最低一档。这也就罢了，要命的是青城派中除了他，一个能打的都没有，这比起五岳剑派中的任一门派都远远不及。遇到林平之复仇时，他们就像俎上鱼肉，只能任人宰割。其二，人品不堪。自余沧海以下，青城派没有一个正人君子。余沧海的儿子余人彦便因调戏酒家女而被林平之杀死。余沧海的四大弟子侯人英、洪人雄、于人豪、罗人杰号称"英雄豪杰，青城四秀"，因人品不端被令狐冲讽刺为"狗熊野猪，青城四兽"。罗人杰在回雁楼短短的一段出场，将他的卑劣品质展现得淋漓尽致。其三，结局不堪。青城派合全派之力将福威镖局灭门，唯一的幸存者林平之单枪匹马地实施复仇。林平之像猫儿捉到了老鼠，要先尽情戏弄折磨一番，再行咬死。他未将青城派赶尽杀绝，已经算是手下留情了。

诗曰：
觊觎剑谱灭林门，宗匠应当贼首论。
双眼失明双臂断，仇人脸上留齿痕。

地狗星金毛犬段景住——鹿杖客、鹤笔翁

匹配度★★★★

鹿杖客、鹤笔翁合称玄冥二老，长期甘当朝廷鹰犬，段景住的星名和绰号很适合他俩。"鹿"谐音"禄"，暗指他们醉心功名利禄；"鹤"寓意健康长寿。两人合起来便是长保富贵之义。他俩的原名没有交代，用韦一笑的话来说，这种人"甘作朝廷鹰犬，做异族奴才，还是不说姓名的好，没的辱没了祖宗"[①]。二人自幼同门学艺，从壮到老，数十年来没分离过一天，两人都无妻子儿女，师兄弟相依为命，合作无间。

玄冥二老的绝学是玄冥神掌，两人功力相当，单个拎出来便已是绝顶高手，二老合璧，威力更是惊人。据描述，他俩单个人的功力略低于少林三渡，略高于明教二使四王，大约与成昆相当。由于绝大多数情况下二人形影不离，这个二人组就成了金庸小说中武功最高的朝廷鹰犬，也是困扰主人公最深的反派。张无忌从冰火岛回归中土，刚踏上大陆不久便挨了玄冥神掌，寒毒入体，命悬一线。张三丰、胡青牛这样的绝世高人都束手无策，还是靠张无忌自己练成了九阳神功方得痊愈。此后二人又与张无忌多次交手，直到《倚天》倒数第二回二人才在内斗中退场。

玄冥二老的大部分出场都是奉命参与行动，同时也通过一些细节刻画了他们武功以外的特点（大体上也就是弱点），可以简单概括为"酒

---

① 见《倚天》第二十四回。

色财气"：其一，鹤笔翁好酒。六大派高手中了"十香软筋散"，被囚于万安寺高塔之上，只知解药在二人手上，具体是谁不清楚。范遥便邀鹤笔翁喝酒，酒中下了类似"十香软筋散"的药物，鹤果然中计，和范一起找鹿杖客要解药。其二，鹿杖客好色。韦一笑施展轻功，将汝阳王的爱妾送到鹿床上，鹿果然大为心动，他一见范与鹤来敲门，便显得做贼心虚，范顺利拿到了解药。其三，两人都好财。他们长期为汝阳王卖命，当然是奔着优厚的酬劳。其四，二人自相斗气。张无忌与二人相斗时施展乾坤大挪移，让二人互相攻击，二人不明就里，再加上赵敏在旁挑唆，二人由口角到动手，最终恶战起来。

按照武侠小说的普遍逻辑，任你武功多高，一旦成为朝廷鹰犬，就已经与侠义背道而驰，走到武林正义人士的对立面。金庸小说中的鹰犬，凡是与侠义道作对的，都没有好下场，玄冥二老也不例外。

诗曰：
玄冥寒毒逾冰霜，害得张郎几欲亡。
鹰犬从来违侠义，到头只剩内讧忙。

附录：《〈天龙八部〉释名》考

《天龙》卷首有一篇《释名》，交代此书"借用这个佛经名词，以象征一些现世人物"。那么"天龙八部"到底象征书中的哪些人呢？这里姑妄言之。

《释名》中提到："这部小说以'天龙八部'为名，写的是北宋时期云南大理国的故事。"因此"天龙八部"首先是象征大理国的人物。此外，这部小说还写了北宋、契丹、吐蕃、西夏等国的人物，还有企图兴复大燕的一股力量，在讨论象征人物时也不能无视他们。总之，"天龙八部"的象征人物包含两个系统，一个是大理国的人物系统，另一个是全书的人物系统。

一、大理国人物

大理国的人物以段正淳为中心，涵盖十余名人物。段正淳符合"天人五衰"中的"玉女离散"，段延庆符合"天人五衰"中的"身体臭秽"，段正明符合"天人五衰"中的"不乐本座"。这三人都是大理皇族的核心成员，分别是天子、皇太子、皇太弟，他们对应的就是天神。帝释的象征人物是天龙寺的枯荣大师，段正明和段延庆遇到难决之事，都是去找他。[①] 他是段延庆的亲叔父，段正明和段正淳的堂叔父，俨然是

---

① 见《天龙》第十回和第四十八回。

大理皇族的最高领袖。天龙寺就象征天龙八部中地位最高的帝释所在地。

龙神以下的象征对象皆与段正淳的女人（含一个疑似段正淳的女人）有关。对这些女人而言，段正淳相当于帝释。龙神的象征人物是段正淳的正妻刀白凤。《释名》中提到龙神"现成佛之相。她成佛之时，为天龙八部所见"。第四十八回刀白凤化身为天龙寺外菩提树下的观世音菩萨，为段延庆所见。针对这个场景，刀白凤对段延庆说的暗语是"天龙寺外，菩提树下，化子邂逅，观音长发"。

夜叉的象征人物是秦红棉。段正淳的所有情人中，秦红棉用情最深最专，付出最多，故而怨毒最深。李青萝、甘宝宝、康敏都另嫁他人，刀白凤出轨段延庆，阮星竹生下女儿却没有抚养。秦红棉终身未嫁，也从不亲近其他男人，并含辛茹苦抚养木婉清。对她来说，众生界就是段正淳及其身边的其他女人。她主动找上阮星竹、康敏，谋划惩罚李青萝，命木婉清杀刀白凤等等情节，都是在"维护众生界"。

乾达婆寻香气作为滋养，象征人物是大量种植茶花的李青萝（王夫人）。第四十七回她为了与段正淳相会，用浓郁的花香引来大量蜜蜂，还特地购置了一座庄子，大院内种满了茶花，宛然和当年两人在姑苏双宿双飞的花园一模一样。

阿修罗的象征人物是钟万仇和甘宝宝，男极丑而女极美。钟万仇与段正淳是死仇，千方百计与其作对。钟万仇对甘宝宝敬若天人，但总是疑心她偏袒段正淳。甘宝宝的绰号"俏药叉"和秦红棉的绰号"修罗刀"是金庸故意设置的障眼法和干扰项。

迦楼罗的象征人物是叶二娘，《释名》中提及迦楼罗"每天要吃一个龙王及五百条小龙"，即指叶二娘每天残害一个小儿的恶行。萧远山在少室山上揭破虚竹身世的过程中，大理诸人（包括段正淳自己）都怀疑叶二娘是否为其情妇。

紧那罗善于歌舞，是帝释的乐神，象征人物是阮星竹。第二十三回段正淳书《少年游》词描写他与阮星竹重温鸳梦："含羞倚醉不成歌，纤手掩香罗。"落款："星眸竹腰相伴，不知天地岁月也。大理段二醉后狂涂。"足见阮氏擅歌舞。

摩呼罗迦人身而蛇头，象征人物是蛇蝎美人康敏。凡是沾上她的男人，段正淳、马大元、白世镜、全冠清，无一善终。她对萧峰匪夷所思的报复，更把"我得不到的东西别人也休想得到"的变态心理展现得淋漓尽致。她是金庸笔下最邪恶淫荡的女人之一。

二、全书人物

全书人物以三大男主为首，包括主要人物约三十名，随附人物则涵盖全书大部分人物。除了汉族人，还包括契丹族、白族、党项族、鲜卑族、藏族等。天神（即帝释）的象征人物舍萧峰（契丹族）还有其谁哉！第二十回特意用阿朱的视角点明萧峰"乃是天神一般的人物"，全书未在他人身上出现"天神"一词。他不愿担任辽国南院大王，不愿领命南征造成生灵涂炭，符合"天人五衰"中的"不乐本座"。爱他的两女阿朱、阿紫和对他爱恨交加的康敏先后死去，符合"天人五衰"中的"玉女离散"。丐帮、契丹和女真诸人附于萧峰之下。

龙神的象征人物是段誉（白族），他是大理国的双料真龙天子。他的生父段延庆是皇太子，本就是皇储；他的养父段正淳是皇太弟，也是皇储。生父和养父加起来就他一个儿子。段誉从小就受了佛戒，喜读佛经，也就是《释名》所说的龙神八岁现成佛之相。大理诸人附于段誉之下。

夜叉的象征人物是以虚竹为代表的逍遥派诸人。《释名》中的"夜叉八大将"就象征逍遥派第一代到第三代的七个人和虚竹的夫人梦姑。"十六大夜叉将"就是在八大将基础上再把苏星河的八个弟子加上去。夜叉有三种：其一，地夜叉（两位）。首先是逍遥派第二代李秋水，根据地在西夏皇宫，代表庙堂之高；其次是逍遥派第三代丁春秋，根据地在星宿海，代表江湖之远。地夜叉就是《释名》中的恶鬼夜叉。其二，天夜叉（十位）。首先是逍遥派第二代天山童姥，根据地在天山缥缈峰灵鹫宫，其所辖的九天九部代表世间的女子，三十六洞七十二岛代表世间的男子；其次是逍遥派第三代苏星河，有道是"星河在天"，他擅长各种天马行空的杂学；再次是逍遥派第四代的八个弟子"函谷八友"康广陵、范百龄、苟读、吴领军、薛慕华、冯阿三、石清露、李傀儡，他们分别擅长琴棋书画、医匠花戏，代表世间的各行各业。天夜叉就是《释名》中的好夜叉。其三，空虚夜叉（四位）。分别是逍遥派第一代掌门逍遥子、第二代掌门无崖子、第三代掌门虚竹和掌门夫人梦姑（党项人）。这几人的名号便是空灵虚无之词。他们作为掌门本不负责具体事务，故曰"空虚"，但须监控本门弟子的行为。第二代弟子中的李秋水行为失范，无崖子自己行动不便，就要找人对付她。无崖子希望找到的人相貌英俊，正是为了投李秋水之所好，以方便行事。第三代弟子中的丁春秋歹毒凶残，虚竹便有责任清理门户，并把乌烟瘴气的星宿派收编至灵鹫宫。总而言之，"天夜叉"和"地夜叉"涵盖了世间的男男女女、各行各业、庙堂江湖和好人恶人，这就是"众生界"。"空虚夜叉"要监控天地夜叉的行为并惩恶扬善，这就是《释名》中所说的"维护众生界"。少林寺、灵鹫宫、星宿派和西夏诸人附于虚竹之下。

乾达婆在梵语中有"变幻莫测"之义，身上发出浓烈的香气，又和帝释在一起，象征人物自然是阿朱。她善于易容，面目变幻莫测；段誉第一次碰上她，就闻到她身上的香气；她又是萧峰的爱侣。

阿修罗的象征人物是慕容复（鲜卑人）、王语嫣为首的志在兴复大燕的人物，包括慕容博（鲜卑人）、四大家将和阿碧。《释名》说阿修罗"男的极丑陋，而女的极美丽"，慕容复易容成李延宗之时神色就非常可怖，王语嫣当然极美丽。《释名》说阿修罗与帝释对着干，慕容复与萧峰并称"北乔峰南慕容"，就颇有分庭抗礼的意味，后来在少室山正面交锋，在藏经阁又险些火并。《释名》说阿修罗爱搞"天下大乱，越乱越好",正契合慕容博乱中取胜的理念。扫地僧现身后充当了"佛"的角色,萧峰和慕容复等一起听他说法,他对萧峰说:"施主宅心仁善,以天下苍生为念,不肯以私仇而伤害宋辽军民,如此大仁大义,不论有何吩咐,老衲无有不从。"①自然会让人觉得他偏袒萧峰。

迦楼罗的象征人物是鸠摩智(吐蕃人)。《释名》说迦楼罗翅膀有"种种庄严宝色",头上有"如意珠"。第十回载鸠摩智"脸上神采飞扬,隐隐似有宝光流动,便如是明珠宝玉,自然生辉"。迦楼罗是金翅,鸠摩智的书信是金封皮银字金笺。迦楼罗以龙为食,鸠摩智挟持龙神段誉几千里。迦楼罗"体内积蓄毒气极多,临死时毒发自焚",鸠摩智强练少林七十二绝技,走火入魔,凶险万状,若非段誉吸去他的内力,已然疯狂而死。

紧那罗在梵语为"人非人"之义,善于歌舞,是帝释的乐神,象征人物自然是阿紫。她心肠歹毒,第二十五回萧峰便称她为"小魔头",即妖魔之属,非人也。她想为萧峰唱曲、说笑话、猜谜语、吹笛子,最后为萧峰殉情。

摩呼罗迦人身而蛇头,象征人物是游坦之。他在外形上最大的特点就是:头实在不像个正常人的头。第二十九回他曾举火赶跑几百条蛇,算是做了一回"蛇头"。

三、象征人物一览表

根据以上考证,兹将《天龙》中"天龙八部"象征人物列表如下:

天龙八部	大理国人物	全书人物
天神	枯荣大师、**段正淳** 段延庆、段正明	**萧峰**(附:丐帮、契丹和女真诸人)
龙神	刀白凤	**段誉**(附:大理诸人)

---

① 见《天龙》第四十三回。

续表

天龙八部	大理国人物	全书人物
夜叉	秦红棉	**虚竹**、逍遥子、无崖子、天山童姥、李秋水、苏星河、丁春秋、梦姑、函谷八友（附：少林寺、灵鹫宫、星宿派和西夏诸人）
乾达婆	李青萝	**阿朱**
阿修罗	钟万仇、甘宝宝	**慕容复、王语嫣**（附：慕容博、四大家将、阿碧）
迦楼罗	叶二娘	**鸠摩智**
紧那罗	阮星竹	**阿紫**
摩呼罗迦	康敏	**游坦之**

据上表可以看出，大理国的象征人物大体由皇族代表人物段正淳及其身边女人构成，其思路是非常清晰的。全书的象征人物自然以右栏黑体字的九人最为重要，这九人加上大理国系统的核心人物段正淳，便囊括了全书最重要的七位男性和三位女性。假如按照着墨多少对全书人物加以排序，男性前七名依次为段誉、萧峰、虚竹、慕容复、段正淳、游坦之、鸠摩智，女性前三名依次为阿紫、王语嫣、阿朱，正好就是这十人。金庸不仅思路清晰，而且在长达百余万字的巨著中掌控得丝毫不爽，实属难能可贵。

后　记

　　我从学生时代便喜读新武侠小说，已历三十余年。记得高一那年的暑假，两个月时间里往返租书店十余次，总计读了近 200 本武侠小说。其中不少作品读过一遍就算了，金庸的大作却一直割舍不下，反复阅读的同时还做了一些笔记和数据统计。近二十年又喜读各类"点将录"，算是撰写本书的前期准备。博士毕业后便开始着手整理本书天罡部分的纲目，之后陆续有所增益。2013 年，我在供职的福州外语外贸学院开设以"金庸武林点将录"为题的讲座。当时只是一时技痒，觉得好玩，把天罡部分拿出来分享（当时的配对与成书后略有差异）。不料学术报告厅座无虚席，不少我熟识的老师也和学生们坐在一起听讲，有的学生还自发全程录音录像。这无疑给了我额外的动力。

　　话虽如此，接下来十年间此书的进展却不大。皆因我生性疏懒贪玩，工作期间便不够用功，寒暑假又每每自驾出游。直到去年暑期，内人黄丹芬腰部不适，便暂时绝了自驾的念头。想到次年恰逢金庸 100 周年诞辰，便将此书的构想报告给福建教育出版社的孙汉生总编辑。孙总编是我非常敬重的学长，他慨然应允出版此书。这下我再也没有拖延的理由了，埋首书房四十天，将原先的提纲和零散文稿补缀成书。此前的各类"点将录"多看重人物排名，对于人物与梁山头领之间的特征匹配度关注得不是太多，拙著则希望鱼和熊掌兼得。至于实际效果如何，自当由读者评判。

《天龙八部》的爱好者和研究者对释名的象征人物不是没有过推测和争论，但似乎没有见到正式的论著发表。曾有一位以研究金庸小说知名的学者试着做过一些推测，但紧接着说："至于是与不是，实在极为难说。都不过是捕风捉影而已，并无确切的证据。"此外就是爱好者在网络上发表自己的见解。据我所见，这些同好大都没有意识到双层象征系统这一根本性的问题。要么将象征人物局限于大理一隅；要么抛弃释名中特意提及的大理国人物（当然会留下段誉）；要么借助释名以外的佛学资料来推测象征人物；要么认为"天龙八部"中的一种神道怪物只象征一人。凡此种种，往往捉襟见肘，左支右绌，难以自圆其说。拙著附录试着提出双层象征系统的浅见，并加以具体考辨，谨就教于方家与同好。

闽教社的孙总编及各位编辑为此书的出版助力甚多，谨致衷心的谢忱。我的同事薛俊翔老师特意设计了四种装帧方案，不仅令拙著大为生色，深情厚谊更令人感佩。去年盛夏，岳父黄佳旺先生和岳母林娟女士为了让我能专心写作，同时便于照顾内人，特意搬来寒舍相助。感谢两位长辈雪中送炭。随着拙著进入出版流程，内人也已幸得好转，我心甚慰。

我是千千万万金庸小说热心读者中的一员，拙著算是为金庸先生百年诞辰献上的一点心意。同时也以此纪念自己生命中一段难忘而又愉悦的阅读经历。

吴可文
甲辰仲春记于《笑傲江湖》开场地福州